Eric Manz

Hingerichtet

Ein Mödling-Krimi

Die Inspektor Felber Kriminalromane von Eric Manz:
»Der Tod trägt weiß«, 978-3-902784-40-7
»Der Tod spielt mit«, 978-3-902784-57-5
»Der Tod zielt gut«, 978-3-903092-18-1
»Der Tod hält Hochzeit«, 978-3-903092-93-8

Die Sopic-Kriminalromane von Eric Manz:
»Spaziergang in den Tod«, 978-3-99074-026-2
»Die Tote am Denkmal«, 978-3-99074-070-5
»Tote fliegen nicht«, 978-3-99074-114-6
»Auch Tote schwimmen«, 978-3-99074-160,3

Die Major Höfer-Kriminalromane von Eric Manz:
»Eingemauert«, 978-3-99074-206-8
»Hingerichtet«, 978-3-99074-254-9

Eric Manz wurde 1943 in Mödling geboren. Nach seinem Studium an der TU Wien übernahm er bis zu seiner Pensionierung den väterlichen Gewerbebetrieb. Als leidenschaftlicher Leser schloss er sich vor einigen Jahren einer Schreibgruppe an.

Weitere Veröffentlichungen:
Div. Kurzgeschichten in der Zeitschrift »Yacht-Info«
»Die Sandale Christi«, Roman, ISBN 3-902518-58-8
Kurzgeschichte aus »Wassergeschichten aus Niederösterreich« ISBN 3-9500692-9-1
Kurzgeschichte aus »Österreicher erleben Geschichte« ISBN 3-902397-74-8
Kurzgeschichte aus »Mödlinger Stadtbuch – Zwischenräume« ISBN 3-900602-32-8

Eric Manz

Hingerichtet

Ein Mödling-Krimi

federfrei
www.federfrei.at

Sämtliche Personen dieses Romans, ihre Namen und ihre Handlungen sind frei erfunden, etwaige Ähnlichkeiten mit lebenden oder verstorbenen Personen nicht beabsichtigt.

1. Auflage
Marchtrenk, 2023
www.federfrei.at

Umschlagabbildung:

Lektorat:
E. Reisinger
Satz und Layout:
Verlag federfrei
Printed in EU
ISBN 978-3-99074-254-9

»Den Charakter kann man auch aus den
kleinsten Handlungen erkennen.«
Lucius Annaeus Seneca

Kapitel 1

Für Ende Oktober war es verhältnismäßig kalt. Der dichte Nebel, der Mödling einhüllte, machte es noch ungemütlicher. Trotzdem ging Major Paul Höfer im Wald spazieren. Neben ihm stapfte seine Freundin Uschi die Forststraße entlang.

»Drehen wir endlich um, Pauli«, jammerte sie. »Bei so einem Wetter pfeif ich auf gesunde Luft.«

»Gerade jetzt solltest du froh sein, mit mir hier spazieren gehen zu können. Die feuchte, kühle Luft ist gut für die Gesichtshaut. Die Idee, einen freien Tag einzuführen, war doch nicht so schlecht. Sonst müsstest du in deinem Café arbeiten, wo es sicher nicht so gut riecht«, antwortete er.

»Willst du damit sagen, dass es in meinem Lokal stinkt und du mich nur mehr im Nebel ansehen kannst, wegen meiner Falten?«, fuhr sie ihn an.

Hoppala! Das hatte sie in die falsche Kehle bekommen. Er wollte doch nur auf die Gesundheit hinweisen. Ihm steckte eine harsche Antwort in seiner Kehle, doch er schluckte sie hinunter. Er hatte ihr ja versprochen, sich zu bessern, nicht mehr aufzubrausen.

»Uschi, ich wollte doch nur auf die herrliche Natur hinweisen, die so anders als der Stadtmief ist. Und Falten? Du hast doch keine. Dein Gesicht ist glatt wie ein Kinderpopo.«

»Wirklich?« Uschi begann zu lächeln. »Weißt du, eigentlich bist du ein schlechter Lügner. Natürlich habe ich einige kleine Fältchen, die bringt das Leben so mit sich.«

»Und die mag ich an dir«, brummte Höfer. »Wehe, du gehst

zu einem Schönheitschirurgen, da sind wir geschiedene Leute.«

»Ach, Pauli!«, seufzte Uschi und blieb stehen. »Mir ist kalt. Können wir nicht zurückgehen?«

Höfer deutete nach vorne.

»Gleich kommt ein Weg, der zur Meiereiwiese führt. Den gehen wir hinunter bis zum Parkplatz. Dann haben wir eine schöne Runde gedreht. Ist kaum weiter, als wenn wir umdrehen. Gehen wir ein wenig schneller, dann wird dir warm.«

»Wehe, du lügst mich an.«

»Würd ich mir nie trauen«, sagte Höfer und lächelte in sich hinein. Eine Holzhütte tauchte vor ihnen auf, die links etwas unterhalb der Forststraße stand. »Siehst du, da führt der Weg hinunter zur Wiese.« Höfer deutete nach vorne.

»Ah! Jetzt erinnere ich mich wieder«, rief Uschi. »Als es noch Schnee gab, sind wir Kinder da hinuntergerodelt. Gott, wie die Zeit vergeht. Da sollte doch auch eine Föhre stehen, an der ein Muttergottesbild hängt. Ich habe aber nie erfahren, weshalb. Die Hütte scheint aber neu zu sein, an die kann ich mich nicht erinnern.« Sie begann zu lachen. »Sieht aus wie ein Autobuswartehäuschen. Sag bitte aber nicht, dass hier Busse fahren.«

»Nein! Ich glaube nicht. Aber was weiß man schon in der heutigen Zeit, wo die Menschen denken, überall mit dem Auto hinfahren zu müssen. Ich denke, es ist als Rastplatz gedacht und als Unterstand, wenn es regnet.«

Sie bogen in den steil abfallenden Weg ein.

»Pauli!«, flüsterte Uschi und hielt ihn am Arm fest. »Schau mal, bei dem Marienbild hält jemand Andacht.«

Eine weibliche Gestalt kniete vor der Föhre. Sie schien aber nicht zu beten, denn ihre Arme hingen seitlich herab.

»Merkwürdig!«, sagte Höfer. »Komm, wir müssen zu ihr, vielleicht kann sie nicht mehr aufstehen, hat einen Schlaganfall oder Ähnliches erlitten.«

»Willst du sie wirklich stören, Pauli?« Uschi war das nicht recht.

»Wir können sie doch bei diesem Wetter nicht hier weiter knien lassen. Ich glaube, wir müssen die Rettung alarmieren.«

Auch als sie nähertraten, regte sich die Gestalt nicht.

»Sie Arme!«, sagte Uschi mitleidig und legte ihre Hand auf die Schulter der Frau. »Kommen Sie, wir helfen …«

Die Gestalt kippte zur Seite, Uschi stieß einen krächzenden Schrei aus. Leere Augenhöhlen und ein weit geöffneter blutverschmierter Mund versetzten ihr einen Schock. Auch Höfer sog scharf die Luft an.

»Weg, Pauli, weg!« Uschi zitterte am ganzen Körper.

Höfer umarmte sie.

»Uschi, weglaufen hilft nicht. Wir gehen in die Hütte, da kannst du dich auf eine Bank setzen und ein wenig beruhigen. Ich muss Kerbl anrufen.«

Ihre Beine verweigerten fast den Dienst. Sie umschlang seinen Hals und begann zu schluchzen.

»Weine nur, das befreit«, flüsterte er und stieg auf den Holzboden der Hütte.

»Üben Sie für die Hochzeit?«, hörte er eine Stimme. Überrascht drehte er sich um.

Ein paar Schritte von ihm entfernt standen zwei Frauen, beide mit Stöcken ausgerüstet. Waren das nicht die alten Weiber, die ihm bei seinem ersten Fall immer wieder in die Quere gekommen waren? Wie hießen sie gleich? Gerti und Heidi? Natürlich! Was machten die beiden bei solch einem Sauwetter im Wald?

»Sie hätten sich ein gescheiteres Wetter zum Proben aussuchen sollen, lieber Herr Polizist.« Das war Heidi, soweit er sich erinnerte.

»Das ist aber schön, Sie hier zu treffen«, sagte er. »Meine Freundin hat gerade einen heftigen Schock erlitten. Sie könnten ihr ein wenig zusprechen, ich muss schnell etwas erledigen.«

»Kannst du das machen, Heidi? Ich möchte bei der Madonna ein Gebet sprechen«, bat Gerti.

»Nein!«, schrie Höfer. »Gehen Sie nicht hin. Dort ist ein grausiger Mord geschehen. Was glauben Sie, weshalb meine Freundin so neben sich steht?«

»Ein richtiger Mord?« Gerti war aufgeregt. »Den muss ich mir ansehen. Bis jetzt habe ich ja nur in Krimis darüber gelesen.«

»Nein! Ich verbiete es«, schrie Höfer, aber Gerti hatte schon zielstrebig einige Schritte getan. Plötzlich hörte er ein gurgelndes Geräusch und sie sackte zusammen.

»Da haben wir es ja«, schrie Höfer wütend. »Wollen Sie auch noch umkippen?«, wandte er sich zu Heidi. »Warum hört mir denn niemand zu?«

Stöhnend ging er zu Gerti, hob sie auf und trug sie zur Hütte.

»Wenn jetzt noch jemand Neugieriger kommt, können wir gleich das ganze Spital hier heraufholen. Was ist mit Ihnen, Frau Heidi? Keine Lust, ohnmächtig umzufallen?«

»Danke! Muss nicht alles nachmachen! Eine hübsche Freundin haben Sie. Wir sollten Sie einmal zu uns auf einen Kaffee einladen.«

»Sie ist Kaffeehausbesitzerin. Wenn Sie wollen, gehen wir einmal zu ihr, ja? So, und jetzt muss ich einen Anruf tätigen, Frau Heidi. Die Polizei muss verständigt werden.«

*

Obwohl die Hütte guten Windschutz bot, wurde es langsam kühl. Höfer rieb sich die Hände und setzte sich zu Uschi.

Frau Heidi kümmerte sich um Gerti, tätschelte ihre Wangen, die langsam wieder Farbe bekamen.

»Eines weiß ich«, murmelte Uschi und atmete tief durch. »Der Wald sieht mich so schnell nicht wieder.«

»Unter einem netten Polizisten habe ich mir etwas anderes vorgestellt«, raunzte Gerti. »Warum warnen Sie eine alte Frau denn nicht? Das jedenfalls hätte ich nicht sehen müssen.«

»Das habe ich doch, Gnädigste«, ereiferte sich Höfer. »Aber Sie mussten ja in Ihrer Neugierde einmal eine wirkliche Leiche sehen.«

»Gelesen oder gesehen ist doch ein gewaltiger Unterschied, nicht wahr, Gerti?«, meinte Heidi.

»Das kannst du laut sagen, Heidi. Ich werde nächtelang nicht schlafen können, oder grausige Albträume haben. Das habe ich nun von deinen sportlichen Ambitionen. Warum bin ich nur mitgegangen?«

»Alte Menschen müssen sich bewegen, sonst können sie sich ja gleich in einen Sarg legen. Das steht ausführlich in dem Buch, das ich dir gezeigt habe.«

»Steht da auch etwas von Leichen drinnen, die man dann im Wald findet?«

»Aber meine Damen«, mischte sich Höfer ein. »Leichenfunde in diesen Gebieten sich äußerst selten. Glauben Sie mir, ich spreche aus langjähriger Erfahrung.«

»Woher willst du das wissen?«, fragte Uschi. »Du warst doch immer nur in der Stadt auf der Straße unterwegs.«

»Auch in der Stadt gibt es Waldgebiete. Denk an den Prater, oder den Kahlenberg.« Die Richtung, die das Gespräch nahm, war Höfer unangenehm.

»Ich glaube, ich höre ein Auto«, versuchte er sich aus der Gefahrenzone zu befreien. »Wird ja auch langsam Zeit. Ich hoffe, Kerbl kommt nicht im Pyjama angefahren.«

Drei Fahrzeuge kamen langsam näher und schwenkten schließlich in den Weg ein. Kerbl und ein jüngerer Mann stiegen aus dem ersten Auto. Dunkel erinnerte sich Höfer, den jungen Burschen schon einmal gesehen zu haben. Kerbl hatte den doch mit, als in seinem Haus die Leichen gefunden wurden. An den Namen konnte er sich nicht mehr erinnern.

»Herr Major, es scheint mir, dass Sie Spezialist für Leichenfunde sind«, sagte Kerbl mit leichtem Lächeln.

»Kommen Sie mir nicht so!«, schrie Höfer. »Ich wollte nur einen erholsamen Spaziergang machen. Was kann ich dafür, dass ein spinnerter Mörder mir den versaut.«

»Ich denke nicht, dass eine Absicht dahinter steckt. Oder gehen Sie jeden Tag um diese Zeit spazieren?«

»Nein!«, knurrte Höfer.

»Na, dann schauen wir uns die Leiche einmal an«, meinte Kerbl.

Als sie vor dem entstellten Leichnam der Frau standen, holte auch Kerbl einmal tief Luft. Sein junger Kollege sah bleich aus und wandte sich ab.

»Offen gestanden bin ich sehr froh, Herr Major, dass Sie und nicht eine Frau, die ihren Hund Gassi führt, die Tote gefunden haben. Das sieht ja ziemlich heftig aus«, sagte Kerbl.

»Leider war ich nicht allein«, erklärte Höfer. »Ich war mit meiner Freundin unterwegs und dann kamen noch zwei alte Damen dazu, die ich ebenfalls kenne. Die erholen sich gerade in der Hütte hinter uns.«

»Dann bin ich ja froh, dass die Rettung mitgekommen ist. Die sollen die Damen versorgen.«

Kerbl winkte dem Spurensicherungstrupp, die Untersuchung zu beginnen.

Die jungen Sanitäter kümmerten sich bereits um die Damen, hüllten sie in goldglänzende Folien, um sie vor der feuchten Kälte zu schützen. Höfer hätte so eine auch gerne gehabt, doch als kraftstrotzender Mann konnte er sich das nicht erlauben.

»Wo ist denn euer Leichendoktor?«, fragte er Kerbl. »Kommt der wieder mit dem Rennrad angebraust?«

»Ich denke nicht«, meinte Kerbl. »Sein Arzt hat ihm eine Trainingspause verschrieben. Ich hoffe nur, dass er sein altes Auto nicht schon verschrottet hat.«

»Er wird doch nicht zu Fuß hier erscheinen«, ätzte Höfer. »So lange will ich nicht warten.«

»Schlimmstenfalls kommt er mit den Helfern im Leichentransporter«, lachte Kerbl und wurde vom Ruf eines Spusi-Mannes unterbrochen, der ihm zuwinkte. Voll Interesse gingen die drei Männer zu ihm.

»Da war ein Fleischhauer am Werk«, sagte Max, der Spusi-Mann, und hielt ihnen zwei große abgefallene Ahornblätter hin. »Die Zunge!«, meinte er. »Da die Augen und auch die Ohren. Will der Mörder auf etwas hinweisen, oder ist er nur pedantisch?«

Der junge Kollege von Kerbl wurde wieder blass, ging erneut einige Schritte abseits und würgte.

»Sagen Sie, Kerbl, den Jungen kenne ich doch. Lang ist er aber noch nicht bei Ihnen?«, wandte sich Höfer an ihn.

»Rothe?« Kerbl wirkte etwas betreten. »Wissen Sie, Herr Major, im Büro ist er gescheit, interessiert und willig. Nur die Tatortarbeit scheint ihm nicht so zu liegen. Da muss er noch viel arbeiten, um sich eine harte Haut zuzulegen. Das braucht aber Zeit.«

»Und einen guten Magen«, meinte Höfer.

»Er muss noch einiges sehen, um abgestumpft zu werden«, erwiderte Kerbl. »Sie sollten schnell noch einige Tote finden, damit er mitkriegt, worum es geht.«

»Jetzt hören Sie aber auf, Kerbl. Ich brauche keine Leichen. Hab schließlich bis jetzt nur mit Diebstahl und Raub zu tun gehabt.«

»Sie vergessen Ihre Mumien, Herr Major. Diesen Fall haben wir dank Ihnen beziehungsweise Ihrer Freundin doch wunderbar gemeinsam gelöst. Wollen wir bei diesem Mord hier wieder zusammenarbeiten, was meinen Sie?«

»Brauche ich nicht. Höchstens Sie bitten um Hilfe«, knurrte Höfer und Kerbl lachte.

»Wir werden sehen, Herr Major.«

Mittlerweile war auch der Leichenwagen angerollt und tatsächlich saß Doktor Piker neben dem Sarg im Laderaum.

»Du hast dir ja ein tolles Reisegefährt ausgesucht, Doktor.« Kerbl reichte Piker die Hand und half ihm aus dem Wagen.

»Bin ich froh, wenn ich wieder mit dem Rad fahren darf«, stöhnte der Doktor und griff an sein Rückgrat. »Andererseits sind steile Bergauffahrten nicht gerade meine bevorzugten Trainingsstellen. Leider hat mein Auto einen Anfall von Senilität erlitten. Es weigert sich, seine vier Räder in Bewegung zu setzen. Tja, das Alter kommt in keiner schönen Form.«

»Du wirst es doch nicht zu Grabe tragen wollen. Gib ihm noch eine Chance. Vielleicht hilft eine Ölinfusion.« Kerbl war froh, diese Sorgen nicht zu haben. Er fuhr einen Dienstwagen.

»Major Höfer kennst du ja schon«, sagte Kerbl.

»Hatte ich schon das Vergnügen?« Piker runzelte die Stirn.

»Für mich war es keins«, knurrte Höfer. »Ein Radrundrennen in meinem Haus zu veranstalten, dass …«

»Ah! Die Mumien! Ich erinnere mich«, unterbrach ihn Piker. »Tut mir leid, dass ich da nicht viel helfen konnte, aber Sie haben den Fall mit Wastl ja grandios gelöst. Kompliment, Herr Major, das war gute Arbeit.«

»Danke!«, sagte Höfer etwas betreten.

»Wenn ihr mit dem Gesülze fertig seid, könnten wir uns ja endlich den Tatort ansehen«, drängte Kerbl.

»Natürlich! Deswegen habe ich ja meine Rückenschmerzen in Kauf genommen«, meinte Piker. »Was gibt es diesmal Tolles?«

»Eine Ferkelei. Sieh es dir an.«

»Oh!« Piker starrte die Frauenleiche interessiert an. »Ein Täter mit ausgeprägtem Sadismus.« Der Doktor runzelte die Stirn. »Oder aber er will auf etwas Bestimmtes hinweisen.« Er blickte zu der Föhre mit dem Muttergottesbild. »Gibt es da einen Zusammenhang?«

»Doktor, woher soll ich das wissen?«, sagte Kerbl genervt. »Wir haben ja noch nicht einmal eine Ahnung, wer die Frau ist.«

»Aber zur Todesursache können wir doch aus Ihrem professionellen Munde etwas erfahren … Doktor?«, erkundigte sich Höfer zynisch.

Piker sah ihn verärgert an.

»Ich habe mich wirklich bemüht, höflich und freundlich zu Ihnen zu sein, Herr … Major. Aber anscheinend wollen Sie das nicht akzeptieren. Wer nicht will, der hat schon!« Er wandte sich zu Kerbl. »Mit diesem Herrn wirst du nicht glücklich. Sieh zu, dass du kein Magengeschwür bekommst. Nun, die Todesursache – äußerlich kann ich außer Blutflecken in der Herzgegend nichts Auffallendes erkennen und du weißt, was ich von Prophezeiungen am Tatort halte. Das funktioniert nicht so, wie man es im Fernsehen sieht, wo der Pathologe gleich den Todeszeitpunkt feststellt und dass der Mörder Linkshänder ist. Von mir erfährst du alles, sobald die Leiche im Institut am Tisch liegt. Aber das weißt du ja eh.«

Piker wandte sich von Kerbl ab uns stapfte Richtung Spusi-Leute. Nachdem diese ihm signalisierten, dass sie mit ihrer Arbeit fertig waren, wurde die Leiche in den Sarg gelegt und er fuhr mit seinen Helfern ab.

»Doktor Piker ist tatsächlich ein ausgezeichneter Gerichtsmediziner, Herr Major«, sagte Kerbl. »Sie könnten wirklich ein bisschen höflicher zu ihm sein.«

»Das war ich doch eh, hab mich sogar bedankt«, entrüstete sich Höfer. »Ich halte nur nicht viel von Pathologen. Für mich sind das Ärzte, die man auf lebendige Leute nicht loslassen will und deswegen müssen sie an Toten herumschnipseln.«

»Haben Sie einschlägige Erfahrungen gemacht?«

»Zum Glück nicht. War ja nur bei Dieb und Raub. Da hat man mit denen kaum zu tun. Aber was man so von Kollegen hörte – vielen Dank!«

»Also, wie es bei euch in Wien zugeht, kann ich nicht sagen. Doktor Piker jedoch ist ein Könner.«

»Wenn das Ihre Meinung ist, werde ich versuchen, mich zusammenzureißen. Wir werden ja sehen, was er über die Tote herausbringt.«

»Das heißt, Sie wollen doch gemeinsam mit mir ermitteln?«

»Das muss ich wohl. Schließlich hat Uschi beinahe einen Herzinfarkt bekommen. Das gehört gerächt. Ich hoffe, Ihr Chef Plesser hat nichts dagegen.«

»Schau ma amal«, grinste Kerbl.

*

»Willst du wirklich bei diesem Mord selbst ermitteln?«, jammerte Uschi auf dem Weg zur Meiereiwiese. »Du weißt, was ich davon halte, Pauli. Lass das der Polizei über.«

»Ich muss das tun. Aus mehreren Gründen, Uschi«, rechtfertigte sich Höfer.

»Ha! Und die wären?«

»Erstens: Wenn dich jemand so erschreckt, gehört er bestraft. Zweitens: Ich muss Inspektor Kerbl ein wenig unter die Arme greifen, denn ich fürchte, allein schafft er das nicht, und drittens: Nachdem ich eine Privatdetektei aufmachen will, ist die Referenz, etliche Morde aufgeklärt zu haben, eindeutig mehr wert als eine blöde Prüfung.«

»Ja, natürlich! Und deine alten Damen, diese Krimileserinnen wollen wahrscheinlich auch mitmischen.«

»Das hoffe ich nicht. Hast ja gesehen, wie geschockt sie den Heimweg angetreten haben.«

»Pauli, ich hab es doch schon öfter gesagt. Wenn dir langweilig ist, hilf mir im Kaffeehaus. Dort wird dir nicht fad, es ist immer etwas zu tun. Außerdem ist die Gefahr, dass ein sadistischer Mörder dich hinterrücks ersticht und dir die Zunge abschneidet, ziemlich gering.«

»Du weißt, dass das nichts für mich ist. Ich brauche Bewegung und Luft, sonst schlafe ich ein.«

KAPITEL 2

»Das war ja gruselig«, meinte Heidi am Rückweg. »Mich schaudert es jetzt noch. Dabei dachte ich, im Wald herrscht Frieden.«

»Wie kommst du darauf?«, sagte Gerti. »Im Wald rennen auch Jäger herum. Die haben mit Frieden nichts im Sinn. Jäger schießen gerne.«

»Ah! Du meinst, die arme Frau hat ein Jäger erschossen? Das hättest du dem netten Polizisten sagen müssen.«

»So ein Unsinn! Die Frau wurde nicht erschossen, glaube ich jedenfalls. Sag, Heidi, kennst du die Tote vielleicht?«

»Ich? Ich war doch nicht einmal in der Nähe der Armen. Du hast sie dir doch angesehen und bist gleich umgekippt. Für mich sah es so aus, als hättest du sie erkannt und deine Knie sind vor Schreck weich geworden.« Heidi starrte Gerti an.

»Ich hätte sie nicht einmal erkannt, wenn sie meine zweitbeste Freundin gewesen wäre. Es war einfach nur grausig.« Gerti schüttelte sich.

»Jetzt übertreibst du aber. Tote sehen doch meist aus, als ob sie schlafen würden. So schlimm ist das nun auch wieder nicht, da fällt man doch nicht um.«

»Bei dieser Frau schon. Ihr Gesicht, die Augen …«

»Ich will es gar nicht wissen. Schlaf so schon schlecht genug. Reden wir nicht mehr darüber. So, und jetzt freue ich mich auf einen guten Kaffee. Ich habe auch etwas gebacken.«

»Du? Das kann ja heiter werden. Schlimmer als die Tote kann der Kuchen nicht sein. Ich werde ihn überleben.« Gerti machte dabei ein Gesicht, als ob sie in eine Zwiebel gebissen hätte.

*

Chefinspektor Andreas Plesser riss die Augen auf.

»Herr Major! Was machst denn du in unseren heiligen Hallen? Bin ich dir so abgegangen, dass du mich unbedingt besuchen musst?«

»Dir auch einen schönen Gruß«, knurrte Höfer. »Du weißt ja, dass ich immer versucht habe, mich aus eurer Polizeiarbeit herauszuhalten«, log er unverschämt. »Aber was soll ich machen, wenn ich mitten im Wald eine Leiche finde? Noch dazu scheußlich zugerichtet. Hast du etwas dagegen, wenn ich deinen Inspektor Kerbl ein wenig unterstütze?«

Plessers Mund umspielte ein leichtes Lächeln.

»Du kennst doch die Antwort, die ich dir geben muss. Sie lautet: Nein! Aber wie ich dich und auch meinen Kerbl kenne, übergeht ihr das einfach. Also geh Kerbl ein wenig zur Hand, aber bleib bitte so unsichtbar wie möglich. Vor allem weiß ich davon offiziell nichts. Hab schließlich auch Vorgesetzte, denen es sauer aufstößt, wenn sie davon Kenntnis erlangen. Muss ja auch an meine Karriere denken.«

»Danke! Bist ein guter Freund.« Höfer schlug mit der Hand auf die Armlehne. »Hat man schon herausbekommen, wer die Tote ist?«

»Keine Ahnung. Über Ermittlungen werde ich ja nur spärlich informiert. Besuch deinen Freund Kerbl. Möglich, dass der schon etwas weiß.«

»Mache ich! Ist er da?«

»Du stellst Fragen. Ich bin nicht allwissend. Schau in sein Büro.«

»Werde ich tun. Äh – etwas anderes. Du und deine liebe Frau solltet mich einmal in meinem Häuschen besuchen. Dann können wir über alte Zeiten plaudern, während die Damen über was weiß ich was quatschen. Gib mir Bescheid, ja?«

»Ich höre immer Damen. Ist deine Freundin schon bei dir eingezogen?«

»Vorübergehend. Ich hoffe aber, dass sie bleibt.«

»Dann viel Glück, mein Lieber. So, und jetzt mach, dass du rauskommst. Hab schließlich noch anderes zu tun.«

Höfer erhob sich ächzend, was Plesser schmunzeln ließ.

»Na, zu viel Sport im Bett getrieben? In deinem Alter sollte man schon ein wenig Zurückhaltung üben. Bist doch kein junger Spund mehr.«

»Du mich auch!«, sagte Höfer und ging.

Zwei Türen weiter war das Zimmer von Kerbl. Ohne anzuklopfen trat er ein. Kerbl saß mit gerunzelter Stirne in seinem Bürostuhl, die Beine am Schreibtisch gelagert. Er machte nicht einmal den Versuch, die Füße auf den Boden zu stellen.

»Habe Sie schon früher erwartet«, meinte er knapp und wies zu einem Sessel. »Aber Anklopfen hätten Sie schon können.«

Höfer nahm die darauf ruhenden Akten und stapelte sie auf Kerbls Tisch.

»Musste erst beim Chefinspektor vorbeischauen«, knurrte er.

»Und sich eine Abfuhr holen«, ergänzte Kerbl. »Dann können wir ja beginnen, richtig, Herr Major?«

»Ich soll mich in einen Busch verwandeln und unsichtbar bleiben«, brummte Höfer.

»Gut!«, lachte Kerbl. »Aber für einen Busch ist zu wenig Platz in meinem Büro.«

»Ha, ha! Können wir uns jetzt um Wichtigeres kümmern?«

»Es gibt nichts, das wir bereden könnten«, seufzte Kerbl.

»Keine Ahnung, wer die Frau ist?«

Kerbl schüttelte den Kopf. »Für das Durchforsten der Vermisstendatei ist es noch zu früh. Sie wissen ja, dass es eine Zeit lang dauern kann, bis jemand als abgängig gemeldet wird.«

»Wir können doch nicht nur herumsitzen und Daumen drehen«, raunzte Höfer. »Was ist, wenn sie allein gelebt und keine

Verwandten hatte? Sie wissen doch, immer wieder findet man nach einem Jahr oder länger mumifizierte Leichen in ihren Wohnungen. Wir müssen etwas tun, aktiv werden. Ha! Plakate! Und Fotos in diversen Zeitungen. Irgendjemand kennt sie bestimmt.«

»Was glauben Sie, welchen Sturm der Entrüstung es in den sozialen Medien auslöst, wenn wir eine Frau ohne Augen abbilden?«

»Jetzt stellen Sie sich doch nicht dümmer als Sie sind, Kerbl. Wozu gibt es Polizeizeichner? Ihr besonderer Freund, dieser Doktor, soll ein Foto vom Gesicht der Frau machen und der Zeichner setzt dann Augen ein. Kann doch nicht so schwer sein.«

»Dem Himmel sei Dank, dass es Sie gibt, Herr Major«, sagte Kerbl ironisch, dann lächelte er. »Ist alles schon in die Wege geleitet. Ich wollte nur testen, ob Sie nicht schon in den Pensionistentrott gefallen sind.«

»Zur Hölle, Kerbl, sieht so unsere Zusammenarbeit aus?«, schrie Höfer und hieb mit der linken Faust in die rechte Handfläche. »Außerdem – ich bin noch nicht in Pension, verdammt noch mal!« Dann musste er schmunzeln und beide begannen schallend zu lachen.

»Kruzitürken, Kerbl, lassen Sie sich das nicht zur Gewohnheit werden«, kicherte er.

»Garantieren kann ich nichts«, schmunzelte Kerbl.

»Was mich vor allem interessiert«, Höfer wurde wieder ernst. »Warum habe ich die Frau vor einem Muttergottesbild mitten im Wald ermordet vorgefunden? Wenn jemand im Wald getötet und verscharrt wird, sehe ich das ein. Man will die Leiche verschwinden lassen. Aber sie so zur Schau stellen, muss doch einen Sinn haben. Ein religiöser Fanatiker eventuell? Oder hat der Ort mit dem Bild eine eigene Bedeutung? Wenn wir das Foto haben, gehe ich einmal zum Pfarrer. Vielleicht erkennt er die Dame und kann mir sagen, ob sie Schuld auf sich geladen hat. Und Sie, Kerbl, sehen sich im Museum um. Erkundigen Sie sich, weshalb das Bild an der Föhre hängt. Muss ja ziemlich alt sein. Interessant, welches Drama sich dort vor Jahrzehnten abgespielt haben könnte.«

»Jawohl, Herr Major!« Kerbl salutierte. »Aber eines sage ich Ihnen, lassen Sie diesen Befehlston nicht zur Gewohnheit werden. Der Boss bin immer noch ich.«

»Entschuldigen Sie. War nicht so gemeint«, sagte Höfer, aber geknickt sah er nicht aus.

*

Höfer schritt die Gasse zur St. Othmarskirche hinauf. Obwohl er nicht gerade zu den Gläubigsten gehörte, beeindruckte ihn die massive Wehrkirche. Die hat auch schon allerhand miterlebt, dachte er. Er wollte aber nicht die Kirche besuchen, er beabsichtigte, mit dem Priester zu reden.

Höfer überlegte. Wo hielt sich ein Pfarrer auf? Vermutlich doch in der Kirche.

Seufzend trat er durch das offene Portal, stieß die Schwingtüre auf und stand im Innenraum. So groß hat sie von außen gar nicht ausgesehen, wunderte er sich.

Durch die hohen Fenster war es im Inneren nicht dunkel. Er sah sich um. Zu sehen war niemand. Er schritt die Bankreihen bis zum Altar ab.

Von irgendwo hörte er ein blechernes Klappern. Wo versteckte sich der Kerl? Dann sah er eine ältere Frau hinter einer Säule hervorkommen. Sie hatte einen Kübel und einen Besen in der Hand.

»Entschuldigung, ich suche den Pfarrer«, rief er.

»Is nix da. Is in Haus«, radebrechte sie.

»Und wo ist das?«

Die Frau erklärte es ihm umständlich. Er bedankte sich und ging, blieb aber nochmals stehen, um sich die Kirchenfenster anzusehen.

»Das gefällt mir«, brummte er. »Hätte nicht gedacht, dass ich so etwas einmal in einer Kirche sagen würde.«

Dann stand er draußen und wandte sich dem Pfarrhaus zu.

Nach längerem Läuten öffnete sich die Türe.

»Ja, bitte?« Der Mann sah nicht wie ein Priester aus.

»Ich muss mit dem Pfarrer sprechen. Polizei!«, schnauzte er und hielt kurz seine Führerscheinkarte hin.

»Das bin ich!«, sagte der Mann. »Seit wann weist sich die Polizei mit einem Führerschein aus?«

Verdammt! Hatte der scharfe Augen.

»Ich war Major bei der Wiener Polizei«, ruderte Höfer zurück. »Bin ausgestiegen und arbeite jetzt als Privatdetektiv. Gemeinsam mit der Mödlinger Polizei, mit Abteilungsinspektor Kerbl, versuche ich einen Mordfall aufzuklären. Ich hätte einige Fragen an Sie.«

»Sieh an, die Mödlinger Polizei braucht Aushilfe von einem Privatdetektiv?«, schmunzelte der Pfarrer.

»Ich bin keine Aushilfe«, knurrte Höfer. »Gleichberechtigter Partner kommt eher hin. Wenn Sie mit mir nicht reden wollen, wird er Sie vorladen. Er ist aber nicht ein so freundlicher Mann wie ich. Nur, damit Sie gewarnt sind.«

»Ich kenne Herrn Kerbl vom Sehen. Scheint mir ein netter Kerl zu sein.«

»Ja, ja, das Aussehen kann trügen«, log Höfer weiter.

»Ich werde aber nicht eines Mordes verdächtigt?«

»Keinesfalls, Herr Pfarrer. Ich will von Ihnen nur Auskunft über eine bestimmte Person.«

»Na gut, kommen Sie herein«, seufzte der Priester und hielt die Türe auf.

»Kennen Sie sich ein wenig im Mödlinger Wald aus?«, fragte Höfer, als sie an einem massiven, schweren Holztisch saßen. »Wissen Sie, dass an verschiedenen Stellen Heiligenbilder oder Kreuze an Bäumen befestigt sind?«

»Verschiedene Gläubige haben mir davon erzählt«, sagte der Pfarrer und seufzte wieder. »Ich selbst komme ja aus der Kirche kaum heraus. Der Tag hat leider nun einmal nur vierundzwanzig Stunden. Was hat es mit den Bildern auf sich?«

Höfer erzählte von seinem Fund bei dem Muttergottesbild.

»Grausam zugerichtet war die Frau. Es muss einen Zusammenhang zwischen Bild und Frau geben. Kennen Sie einen religiösen Fanatiker, der so etwas tun könnte?«

Der Priester schüttelte den Kopf.

»Nein! Aber selbst wenn ich jemanden kennen würde, könnte ich Ihnen keine Auskunft geben – Sie wissen, das Beichtgeheimnis!«

»Ja, klar! Jemand begeht einen Mord, gesteht bei der Beichte sein Vergehen, bekommt die Absolution und darf fröhlich weitermorden. Und das finden Sie gerecht?« Höfer redete sich in Rage.

Der Pfarrer zuckte die Schultern.

»So ist es nun einmal. Aber diese Tat bleibt nicht ungestraft. Schließlich kommt der Übeltäter vor Gottes Richterstuhl.«

»Ja, ja, wer es glaubt«, ärgerte sich Höfer.

»Leider gibt es viele Ungläubige. Kann ich Ihnen sonst noch helfen? Wenn nicht, rate ich Ihnen, dass Sie in die Kirche gehen und ein Gebet sprechen, Sie werden sehen, dass es Sie befreit.«

»Als ob ich dafür Zeit hätte«, knurrte Höfer. »Ich habe einen Mord aufzuklären. Und Sie könnten mir dabei helfen, Herr Pfarrer.«

Er zog das Foto der Toten aus seiner Tasche.

»Kennen Sie die Frau?«

Der Priester warf einen Blick auf das Bild.

»Wissen Sie, wie viele Gläubige sonntags in die Messe kommen? Ich kann mir nicht jedes Gesicht merken.«

»Sehen Sie genauer hin. Ich denke, sie kam nicht nur in die Messe.«

Der Pfarrer drehte das Foto hin und her.

»Hmm! Jetzt, wo Sie das sagen, kommt mir das Gesicht irgendwie bekannt vor. Nein! Doch nicht.«

»Was stört Sie so sehr?«

»Die Augen. Nein! Ich kenne die Frau nicht.« Er reichte Höfer das Foto.

»Nun, ich muss gestehen, die Augen hat unser Polizeizeichner hinzugefügt. Der armen Frau wurden sie nämlich ausgestochen.«

»Nein!« Der Priester bekreuzigte sich. »Welcher Mensch ist denn fähig, so etwas zu tun?«

»Genau das wollen wir herausfinden. Vielleicht könnten Sie mir doch helfen? Denken Sie nach, Herr Pfarrer.«

»Nein!« Seine Miene verschloss sich. Seine Stirne zeigte nachdenkliche Falten. »Eines kann ich Ihnen unter dem Siegel der Verschwiegenheit sagen. Niemand meiner Gemeinde hat je ein derartiges Verbrechen gebeichtet, seien Sie versichert.«

Das war es dann wohl. Höfer stand auf.

»Wir werden den Mörder schon schnappen, das sei Ihnen versichert.«

Im Hinausgehen überlegte er, wie er weiter vorgehen sollte. Ganz geheuer war ihm dieser Priester nicht. Sollte er noch hierbleiben und sehen, was dieser Mann machte?

Er schlenderte zur Wehrmauer und lehnte sich an. Das Pfarrhaus hatte er im Blickfeld.

Tatsächlich kam nach kurzer Zeit der Priester heraus, schwang sich auf ein Fahrrad, das an der Hausmauer lehnte, und radelte davon. Sollte er ihn verfolgen? Es hätte wenig Sinn, stellte er nach kurzem Überlegen fest. Wenn er ihm nachlief, verlor er ihn sicher bald aus den Augen. Das brächte ihm höchstens Atemnot ein und darauf konnte er verzichten.

*

Inzwischen war auch Abteilungsinspektor Sebastian Kerbl nicht untätig. Er versuchte telefonisch den Museumsleiter zu erreichen. Der Direktor bestätigte, im Haus zu sein.

Weit hatte Kerbl nicht zu gehen. Das Museum befand sich gleich neben der Inspektion.

»Ich habe eine Frage bezüglich Heiligenbildern im Wald«, begann er.

»Der Wald! Glauben Sie, ich käme irgendwann dazu, einen Spaziergang zu machen? Wir haben so eine schöne Gegend hier, aber der Wald muss ohne mich auskommen«, seufzte der Direktor.

»Da sind wir schon zwei«, meinte Kerbl. »Höchstens ich werde zu einem Mord gerufen.«

»Ein Baummord? Nennt man das nicht Durchforsten oder Abholzen?«

»Wenn ein Mensch betroffen ist, werde ich gerufen«, sagte Kerbl.

»Echt? Ein richtiger Mord im Wald? Bin ich froh, dass ich keine Zeit zum Spazierengehen habe.« Der Museumsleiter schüttelte sich. »Weshalb kommen Sie nun zu mir? Ich habe garantiert nichts mit der Sache zu tun.«

Kerbl machte ihm noch einmal klar, weshalb er hier war.

»Hmm! Eine Madonna an einer Kiefer aufgehängt? Und das Bild muss alt sein, da es schon sehr ausgeblichen ist? Also das sagt mir im Augenblick überhaupt nichts. Da muss ich mich erst kundig machen.«

»Was mich noch stutzig macht, ist, dass es kein vergessenes Bild ist. Darunter sind kleine Blumenbilder angebracht, eindeutig nicht so alt und sogar eine kleine Vase hängt dort, mit frischen Blumen drinnen«, meinte Kerbl.

»Sie meinen also, dass dort irgendwann irgendetwas geschehen sein muss und man heute noch daran denkt?«

»Könnte ich mir vorstellen.« Kerbl sagte das mit Nachdruck. »Ich habe in alten Akten zu recherchieren begonnen, aber nichts gefunden. Der Vorfall muss also viele Jahrzehnte zurückliegen. Deshalb dachte ich an das Museum. Vielleicht existieren bei Ihnen irgendwelche Aufzeichnungen.«

»Ich werde nachforschen und Sie verständigen.« Der Direktor nickte heftig und reichte ihm die Hand.

*

Höfer bekam unbändiges Verlangen nach einem Kaffee. Dafür hätte er zu Kerbl auf die Inspektion gehen können, doch er wollte einen starken, der einem die Augen aufreißen lässt und kein braunes Wasser.

Er lenkte seine Schritte zum Café Schneerose, zu Uschi.

»Schau an, der Herr lässt sich auch wieder einmal in den Niederungen meines Kaffeehauses blicken?«

»Uschi, wir sehen uns am Morgen beim Frühstück. Wir sehen uns am Abend beim Essen und das genieße ich alles sehr. Aber zwischendurch muss ich eben ein wenig arbeiten.« Grimm kroch in ihm hoch, doch er versuchte ihn zu unterdrücken.

»Arbeit, ha! Nennst du das so, wenn du mit deinem Freund Kerbl auf der Straße herumstreifst? Ich möchte nicht wissen, was ihr zwei da treibt«, keifte sie.

»Nun, heute habe ich zum Beispiel den Pfarrer von St. Othmar besucht«, rechtfertigte er sich.

»Du und der Pfarrer? Was hättet ihr denn zu besprechen?«

Uschi und ihre Eifersucht. Er beschloss, sie ein wenig an der Nase herumzuführen.

»Vielleicht eine Hochzeit?« Höfer überlegte schon längere Zeit, seine Beziehung mit Uschi zu vertiefen. Nicht gleich, aber doch in näherer Zukunft. Jetzt lebten sie zusammen, aber er hatte keine Ahnung, wie es sich weiterentwickeln würde. Er liebte sie, doch ob er ihre manchmal zickige, eifersüchtige Art auf Dauer aushielt, wusste er nicht.

Uschis ärgerliches Gesicht überstrahlte mit einem Mal ein süßes Lächeln. Ihre Augen begannen zu glänzen.

»Pauli, würdest du wirklich ...?« Sie fasste nach seiner Hand.

»Naja, warum denn nicht? Leider bekam ich keine Gelegenheit, mit ihm darüber zu sprechen. An sich war ich ja in der Pfarre, um ihm das Foto der Toten zu zeigen, die wir gefunden haben. Er bestreitet, sie zu kennen, aber ich glaube ihm nicht so recht. Dann musste er mit einem Mal schnell weg. Er faselte von unaufschiebbaren Terminen und ich stand mit den Fragen über uns alleine da.« Ein wenig durfte man die Wahrheit ja verbiegen, dachte er. »Ich konnte ihn nicht einmal verfolgen. Er strampelte mit seinem Fahrrad so schnell davon, ich hatte keine Chance.«

Uschi ließ seine Hand fallen.

»Ich glaube, du erzählst mir da ein Märchen. Ich hätte es mir denken können. Es ging nicht um uns, der verdammte Mord ist dir wichtiger.« Sie schniefte auf.

»Uschi!« Er versuchte sie zu besänftigen, doch sie entzog sich ihm.

»Geh doch zu deinem Polizisten«, zischte sie. »Mit dem kannst du Händchen halten.«

Jetzt war es auch mit Höfers Beherrschung vorbei.

»Blöde Kuh!«, murmelte er, stand auf und ging.

*

Kerbl sah nachdenklich drein, als Höfer in sein Zimmer trat.

»Ich war beim Museumsdirektor ...«

»Ich war beim Pfarrer ...«

Gleichzeitig redeten beide los.

»Wo waren Sie ...?«, fragten beide im Chor.

Sie sahen sich stumm an, dann musste Kerbl lachen.

»Anscheinend haben wir Neuigkeiten, die der andere sofort wissen sollte. Wer beginnt?«

»Sie!«, sagte Höfer höflich.

»Nein! Fangen Sie an, Herr Major«, drängte Kerbl.

»Na gut! Ich habe den Pfarrer von St. Othmar aufgesucht.« Dann erzählte Höfer, dass der Priester die Tote am Foto nicht erkennen wollte und ihn kurz danach mehr oder weniger hinauskomplimentierte. »Er schwang sich auf sein Fahrrad und war weg. Ich habe den Verdacht, dass er entweder die Familie der Toten aufsuchte oder, da ich ihn darauf ansprach, sich mit einem religiösen Fanatiker in Verbindung setzte. Jedenfalls traue ich ihm nicht. Er verschweigt etwas.«

»Der Museumsdirektor hatte auch keine Ahnung bezüglich des Bildes an der Kiefer«, sagte Kerbl. »Doch er hat versprochen, darüber nachzuforschen. Das Bild der Toten hab ich ihm nicht gezeigt.«

Kapitel 3

»Du wirst es nicht glauben, Heidi, aber ich lese gerade einen Krimi, in dem eine Leiche knieend vor einer Christusstatue gefunden wird. Fast so, wie die arme Frau, die wir im Wald gesehen haben«, sagte Gerti.

»Die lässt dir keine Ruhe, gell?«, meinte Heidi. »Bist du extra in die Buchhandlung gegangen, um einen ähnlichen Fall zu finden?«

»Wo denkst du hin, Heidi. Ich gebe doch nicht Geld für einen Roman aus, den man höchstens einmal liest.«

»Hast du ihn in unserer Bibliothek gefunden? An so einen Krimi kann ich mich nicht erinnern«, sagte Heidi nachdenklich.

»Nein. In einem der offenen Bücherkästen. Ich hab gesehen, dass es ein Krimi ist und habe ihn einfach mitgenommen. Dass es um einen ähnlichen Fall geht, habe ich erst bemerkt, als ich zu Hause mit dem Lesen anfing.«

»Und – wer ist der Mörder?«, lächelte Heidi.

»Das weiß ich noch nicht. Hab doch gerade erst angefangen«, ärgerte sich Gerti.

»Dann schau auf der letzten Seite nach. Vielleicht können wir den Mörder vom Wald damit überführen. Der nette Polizist würde sich freuen, wenn wir den Täter ermitteln und ihm übergeben, meinst du nicht?«

»Das mache ich bestimmt nicht. Ich meine auf der letzten Seite nachsehen. Das kannst du vergessen. Aber ich werde mich mit dem Lesen beeilen. Möglich, dass wir dann dem Polizisten Hinweise geben können. Also halte die Luft an, Heidi.«

Gerti schlug das Buch auf und blickte konzentriert hinein.

*

Kerbl machte sich auf den Weg in die Prosektur. Er hasste diese kalten Räumlichkeiten, in denen es immer eigenartig roch. Lag es an den Desinfektionsmitteln, oder daran, dass hier der Tod zu Hause war? Er hatte sich das schon öfter gefragt, aber bis jetzt keine Klarheit darüber gefunden, denn Doktor Piker zeigte sich immer sehr lebendig.

Weshalb er dann nicht anrief oder auf den schriftlichen Bericht wartete, lag für ihn auf der Hand. Er brauchte den persönlichen Kontakt mit dem Doktor.

Darauf hoffend, dass Piker noch immer Trainingsverbot hatte, stellte er seinen Wagen ab. An eine Eisenstange angekettet, bemerkte er ein etwas abenteuerlich aussehendes Rennrad.

Der Arzt schien also da zu sein.

Hoffentlich macht er nicht gerade ein Lauftraining, dachte Kerbl und stieg die Kellertreppe hinunter.

»Oh! Welch hoher Gast in meinem bescheidenen Heim«, begrüßte ihn Piker, der gerade aus einem Joghurtbecher löffelte. »Bringst du mir jetzt schon persönlich die Leichen vorbei?«

»Ich werde mich hüten, dir deine Arbeit wegzunehmen. Tote auch nur anzugreifen – Brrr –, das jagt mir gleich eine Gänsehaut über den Rücken.«

»Das verstehe ich nicht. Tote wehren sich nicht mehr, wenn du einen Rowdy abführen musst, hast du schnell ein blaues Auge. Mir kann das nicht passieren.«

»Mir auch nicht, dafür habe ich meine Streifenbeamten«, entgegnete Kerbl.

»Bist ein netter Chef«, sagte Piker. »Also – weshalb bist du dann da?«

»Ich kann mich dunkel erinnern, dass du eine Leiche aus dem Wald mitgenommen hast. Gibt es schon Ergebnisse, oder löffelst du lieber dieses grausliche weiße Zeug?«

»Oh! Das ist sehr gesund. Ich könnte dir jetzt einen ellenlangen Vortrag darüber halten, welche nützlichen Stoffe in einem Becher Joghurt enthalten sind, aber ich habe den Verdacht, dass du lieber ungesund lebst. Nun, kommen wir also zu der toten Frau. Willst du dir sie nochmal ansehen?«

»Später, wenn's unbedingt nötig ist«, wehrte Kerbl ab.

»Nun ja, die Tote hat mir einige Rätsel aufgegeben. Abgesehen davon, dass man ihr die Augen entfernt, die Zunge und Ohren abgeschnitten hat, weist der Körper keine markanten Verletzungen auf, doch dazu komme ich gleich. Trotz des großen Blutflecks auf ihrer Bluse keine Schusswunde, auch kein Messerstich. Durch das Absäbeln der Zunge hätte sie unter Umständen verbluten können, aber du weißt eh, dass am Tatort kaum Blut zu finden war. Ich glaube, dass Augen, Ohren und Zunge post mortem entfernt wurden.«

»Jetzt sag aber nicht, dass sie aus einem Grab gestiegen und zu dieser Föhre gegangen ist, um ihr Seelenheil zu erlangen.«

»Wastl, du solltest dir im Fernsehen weniger Horrorfilme ansehen. Versuche es lieber mit Komödien und Heimatfilmen. Aber zurück zu der Toten. Wie du weißt, lassen mir solche Unklarheiten keine Ruhe. Da muss ich mich hineinknien. Nun, gekniet habe ich nicht vor ihr. Ich habe den Körper Millimeter um Millimeter untersucht. Und schließlich – Heureka – hab ich eine kleine Einstichstelle im Brustkorb nahe dem Herz gefunden. Ich denke, jemand hat ihr etwas gespritzt, dass ihr Herz veranlasste, zum Schlagen aufzuhören.«

»Interessant! Welches Gift war es denn?«, rief Kerbl aufgeregt.

»Das kann ich dir nicht sagen«, meinte Piker mir krauser Stirne. »Noch nicht. Die Labore haben viel zu tun, das hemmt die Ergebnisse manchmal ein wenig. Wir müssen einfach ein bisschen warten.«

»Das ist eine Frechheit«, schrie Kerbl. »Man kann uns doch nicht immer Prügel vor die Füße werfen.«

»Beruhige dich. Ich habe bereits mit dem Bundeskriminalamt Kontakt aufgenommen. Aber wie du sicher weißt, leiden sie ebenfalls an Personalnot.«

»Das ist mir doch egal.« Kerbl konnte sich nicht beruhigen. »Ich hoffe, du hast bereits Proben hingeschickt und ein wenig Druck gemacht.«

»Du solltest auf deinen Blutdruck achten, Wastl«, versuchte Piker ihn zu beruhigen, was natürlich nichts brachte.

»Ich habe eine andere Lösung gefunden«, redete Piker weiter.

»Da bin ich aber gespannt.«

»Ich hatte eine lange Unterredung mit unserem Direktor«, begann Piker. »Ideen, die ich bis jetzt vorgebracht habe, fanden bei ihm nie großen Anklang. Aber diesmal hab ich ihm den Mund wässrig gemacht.«

»Hast du ihm vorgeschlagen, dass die Toten ebenfalls noch arbeiten sollten, für Gottes Lohn?«

»Bitte, ziehe es nicht ins Lächerliche. Ist deiner nicht würdig, Wastl. Wenn er mir die nötigen Geräte zur Verfügung stellte, könnten wir zusätzlich einen Haufen Kohle verdienen. Das mit dem Geld machte ihn hellhörig, in seinen Augen hab ich sofort Euro-Zeichen aufblitzen sehen. Nun, morgen oder übermorgen erwarte ich die Maschinen. Dann wissen wir bald, welches Mittel der Mörder verwendet hat.«

»Dein Wort in Gottes Ohr, Doktor«, sagte der Inspektor zweifelnd.

Da hat Piker wieder eine Schnapsidee ausgebrütet, dachte Kerbl, als er zum Auto ging. Obwohl er vom Können des Doktors überzeugt war, bezweifelte er, jemals zu erfahren, wie die Frau zu Tode gekommen war. Er und Höfer mussten eine andere Methode finden, um den Mörder zu entlarven.

*

Höfer hatte eine absurde Idee. Die beiden alten Damen, die dummerweise ebenfalls im Wald herumliefen, als er die Tote entdeckte, die kannten doch sicher viele alte Weiber, sei es von Kaffeekränzchen, Kirche oder Einkauf. Wenn er ihnen das Foto zeigte, konnten sie sich vielleicht an die Person erinnern, wussten möglicherweise sogar ihren Namen.

Also machte er sich auf den Weg zu den beiden.

»Das ist aber nett, dass Sie uns besuchen, Herr Polizist«, sagte die Frau mit den weiß gelockten Haaren und zog die Türe weit auf. »Leider muss ich Sie enttäuschen, Kuchen haben wir im Augenblick keinen, soweit ich mich erinnere.«

»Das macht doch nichts, muss sowieso ein wenig auf meine Figur achten«, meinte Höfer erleichtert, denn was man ihm hier vorsetzte, fand er ziemlich ungenießbar.

»Frau Heidi, richtig?«, setzte er nach. »Ich will Sie nicht lange stören, Sie haben sicher eine Menge Arbeit, ich möchte Ihnen nur schnell ein Foto zeigen.«

»Aber einen Kaffee trinken Sie schon, gell? Kommen's herein.«

Heidi lief vor ihm ins Wohnzimmer.

»Gerti, wir haben Besuch. Der nette Herr Polizist ist da«, rief sie und Höfer war sich nicht sicher, ob er ein Stöhnen hörte.

»Wissen Sie«, plapperte Heidi weiter. »Wir hätten Sie ohnehin bald kontaktiert. Gerti liest gerade einen Krimi, in dem die Morde genauso ausgeführt werden wie der im Wald.«

»Dann habe ich ja keine Arbeit mehr. Wie heißt der Mörder?«

»So weit ist sie noch nicht, aber bald. Sie erfahren den Namen als Erster. Setzen Sie sich, ich mache schnell Kaffee.«

Gerti lag mit dem aufgeschlagenen Buch auf der Sitzbank.

»Was verschafft uns die Ehre? Ist schon wieder ein Mord geschehen?«, meinte sie und klappte den Krimi zu.

»Nicht, dass ich wüsste«, sagte Höfer. »Ich bin wegen etwas anderem gekommen. Sie kennen doch bestimmt eine Menge

Leute. Wir haben ein Foto von dieser armen Frau gemacht und ich wollte Sie bitten, es sich anzusehen. Vielleicht haben Sie eine Ahnung, wer sie ist.«

»Das schau ich mir sicher nicht an.« Gerti schüttelte heftig den Kopf. »Der Anblick im Wald hat mir gereicht.«

»Wir haben das Bild natürlich bearbeitet, Augen hinzugefügt und so weiter. Die Frau könnte vorher so ausgesehen haben. Wir müssen wissen, wie sie heißt, wo sie gewohnt hat, sonst können wir den Mord nie aufklären.«

»Ich weiß nicht.« Gerti zögerte.

Heidi kam mit einem Tablett, bestückt mit Kaffeekanne und Tassen, herein.

»Kind, kannst du dir das Foto vom Herrn Kommissar ansehen? Aber stell vorher das Tablett auf den Tisch«, befahl Gerti. »Es ist unser schönstes Geschirr«, sagte sie entschuldigend zu Höfer.

Der zog das Bild aus der Sakkotasche und hielt es Heidi hin.

»Tut mir leid«, sie schüttelte den Kopf. »Ich kenne nur wenige Leute hier. Aber Gerti hat ein wahnsinniges Gedächtnis für Gesichter. Sieh es dir an, meine Liebe.«

Ihre Freundin nahm das Foto entgegen.

»Hmm!«, meinte sie nachdenklich. »An irgendjemanden erinnert es mich. Aber die Augen?«

»Was ist mit den Augen?« Höfer wurde nervös.

»Die Frau, an die ich denke, … die Gesichtsform könnte passen, der Mund ebenso, aber die Dame, die ich meine, schielt fürchterlich.«

»Sie schielte?« Höfer war perplex. »Wie denn? Nach oben, nach unten, links oder rechts?«

»Das ist schwer zu sagen«, sagte Gerti nervös. »Hab sie schon lange nicht mehr gesehen.«

»Frau Gerti, es wäre eine große Hilfe für uns. Denken Sie bitte nach«, drängte Höfer.

Sie zuckte hilflos mit den Schultern.

»Ich müsste sie sehen«, murmelte sie.

»Frau Gerti, ich habe eine Idee«, rief Höfer. »Das Foto haben wir mit Hilfe eines Polizeizeichners gemacht. Wenn ich den wieder kommen lasse, könnten Sie gemeinsam mit ihm ein neues Bild erstellen.«

»Sie wollen mich in die Polizeiarbeit einbinden?« Gerti begann zu strahlen. »Das wäre toll. Es einmal nicht in einem Krimi nachzulesen, sondern selbst dabei zu sein? Ich bin dabei. Das lasse ich mir nicht entgehen.«

Sollte er ihr klar machen, dass sie bei der eigentlichen Ermittlungsarbeit nichts zu suchen hatte? Er verzichtete darauf. Sie würde sicher bockig werden, doch er brauchte das Foto unbedingt.

»Du willst gemeinsam mit dem netten Polizisten Verbrecher bekämpfen?«, rief Heidi. »Sei bitte vorsichtig, ich will nicht, dass du plötzlich ohne Augen vor der Haustür stehst.«

»Das wird nicht geschehen, dafür bürge ich«, versuchte Höfer sie zu beruhigen. »Ich danke Ihnen, Frau Gerti. Sobald der Zeichner da ist, hole ich Sie ab, ja?«

Erleichtert verabschiedete er sich von den Frauen und machte sich zufrieden auf den Weg zu Kerbl.

*

Abteilungsinspektor Kerbl sah sich die Vermisstenanzeigen der letzten Tage an. Ein vierzehnjähriges Mädchen war nicht auffindbar, ebenso ein älterer Mann nach einem Streit mit seiner Gemahlin. Eine Frau war nicht darunter, auch nicht bei weiter zurückliegenden Meldungen.

Das hieß, die Frau ging niemandem ab, lebte anscheinend allein. Es konnten Monate vergehen, bis sich ein Nachbar Sorgen zu machen begann, da er oder sie die Alte lange nicht gesehen hatte.

Damit war eine schnelle Aufklärung des Falles unmöglich. Natürlich könnte man eine Hundertschaft Polizisten durch die Straßen schicken, um jedem Einzelnen das Foto zu zeigen. Er wollte aber gar nicht wissen, was Chefinspektor Plesser von dieser Idee hielt, abgesehen davon, dass sie auf ihrer Inspektion kaum vierzig Frauen und Männer hatten.

Verzagt überlegte er, ob man diesen Mord nicht gleich zu den unaufgeklärten Fällen legen sollte. Das brachte ihm zwar keinen Stern in seiner Beamtenbeurteilung ein, aber wozu sollte er ermitteln, wo es nichts zu recherchieren gab? Plesser würde ihm sowieso die Hölle heiß machen, wenn er monatelang nichts zustande brachte. Leider gab es solche Fälle, wo von Beginn an feststand, dass sie nie zu klären waren.

Sein Trotz meldete sich aber sofort. Natürlich musste er weitermachen, aufgeben tat man höchstens einen Brief.

Nachdem er diesen Entschluss gefasst hatte, wollte er sich dafür eine andere Belohnung gestatten. Er rief seine Freundin Babsi an und bat zum Abendessen um einen Schweinsbraten mit Semmelknödel und viel Saft.

Erleichtert, im Augenblick wenigstens ein Erfolgserlebnis serviert zu bekommen, legte er seine Beine auf den Tisch und begann sich seelisch auf seinen abendlichen Schmaus vorzubereiten.

Allein der Gedanke daran ließ das Wasser in seinem Mund zusammenlaufen. Er liebte nun einmal diesen köstlichen Braten.

Die Bürotüre wurde aufgerissen und Höfer stürmte herein. Vor Schreck verschluckte sich Kerbl am eigenen Speichel und begann fürchterlich zu husten.

»Habe ich Sie aus dem Büroschlaf gerissen?«, fragte Höfer und klopfte ihm auf den Rücken.

»Ich schlafe nicht, ich denke«, keuchte Kerbl.

»Das ist gut. Wenn es wahr ist.« Höfer bearbeitete immer noch seine Schultern.

»Aufhören!«, rief Kerbl und sprang auf. »Wenn ich Sie bitten dürfte, das nächste Mal vielleicht anzuklopfen, ehe Sie hereinkommen.«

»Brauche ich das unter Kollegen? Ich habe fantastische Neuigkeiten, die wollte ich Ihnen so schnell als möglich mitteilen.«

»Hat sich der Mörder bei Ihnen gemeldet?«

»Sie träumen noch immer, Kollege. Aber höchstwahrscheinlich werden wir bald wissen, wie das Mordopfer heißt. Ich brauche nochmals den Zeichner.«

Er erzählte von Frau Gerti, die möglicherweise die Frau kannte, nur mit den Augen nicht zurechtkam.

»Ich werde das in die Wege leiten«, sagte Kerbl, der jetzt auch einen kleinen Hoffnungsschimmer aufblitzen sah. »Morgen oder übermorgen, ja? So, aber jetzt gehe ich nach Hause. Das sollten Sie auch tun, Herr Kollege.« Es klang ein wenig hämisch.

Höfer überlegte, ob er zu Uschi ins Café gehen sollte. Wartend zu Hause sitzen, fand er nicht gerade erbaulich. Er tat es aber doch.

*

»Oh!«, rief Gerti. »Auf uns kommen schlechte Zeiten zu, Heidi. In dem Krimi ist schon wieder ein Mord geschehen. Ähnlich dem ersten. Diesmal hat man der Frau zusätzlich die Füße abgehackt. Und wieder wurde sie im Wald gefunden. Also eines weiß ich, wenn du dir nochmals einbildest, Bewegung ist gesund, wir müssen wandern gehen, dann nur in der Stadt.«

»Es wäre interessant zu wissen, ob der nette Polizist schon eine neue Leiche gefunden hat«, meinte Heidi.

»Ich bitte dich, glaubst du, dass ich die dann ebenfalls kennen könnte?«

»Ist doch möglich. Sag, spielt der Roman in Mödling?«

»Nein! In den bayrischen Alpen.«

»Na schau! Dann brauchst du dich doch nicht fürchten, dass bei uns ebenfalls eine auftaucht. War also reiner Zufall. So etwas kommt schon mal vor. Wir können ohne Probleme die frische Waldluft genießen.«

»Oder der Mörder ist ein Nachahmungstäter, der den Roman gelesen hat und sich denkt, das ist toll, das mache ich auch.«

»Gerti, Gerti, deine Fantasie möchte ich haben. Es wäre vielleicht doch besser, du liest nur die letzten Seiten, wo der Mörder gefasst wird. Nicht, dass du noch über einige Leichen stolperst.« Heidi schüttelte den Kopf. »Aber wenn es dich beruhigt, rufe ich den netten Polizisten an und frage, ob es noch einen Leichenfund gab.«

»Nein, danke, ich möchte es gar nicht wissen. Geh lieber in die Küche und mach uns einen Kaffee. Der sollte die Nerven beruhigen.«

Kapitel 4

»Hallo Pauli«, rief Uschi, als sie zur Tür hereinkam. »Puh! War das heute ein Tag. Ich glaube, ich muss mich wirklich nach einer Hilfe umsehen. Alleine schaffe ich das nicht mehr.«

Höfer war freudig überrascht, dass ihr vormittäglicher Streit keine Nachwirkungen hatte. Er wusste zwar, dass Uschi sehr rasch eingeschnappt war, sich aber schnell wieder beruhigte. Nur war es diesmal doch um etwas sehr Einschneidendes in ihrem Leben gegangen. Er dachte, dieses Thema nicht so schnell wieder aufzugreifen. Da musste er noch Vorarbeit leisten, ehe er es wieder zur Sprache brachte.

»So schlimm?«, sagte er und klopfte auf die Couch. »Komm her, ich werde dir deine Füße massieren.«

Uschi ließ ihre Tasche fallen, schleuderte die Schuhe von sich und nahm neben ihm Platz.

»Ah, das tut gut«, seufzte sie, als Höfer ihre Fußsohlen bearbeitete. Anschließend kamen die Waden dran. »Bitte nicht weiter hinauf, Pauli«, seufzte sie. »Im Augenblick ist das kontraproduktiv. Heb es dir für später auf.«

»Schade!«, murmelte er. »Dann bleibt nur die Alternative Abendessen.«

»Gute Idee. Aber kochen will ich nicht, dafür bin ich zu müde. Wohin gehen wir?«

»Mach einen Vorschlag. Du weißt, bei Mödlings Gastronomie kenn ich mich noch nicht gut aus. Ah, da fällt mir ein, Kollege Kerbl hat sich bei seiner Freundin für heute einen Schweinsbraten bestellt. Das wäre doch was?«

»Wenn du meinst. In der FUZO gibt es ein gutbürgerliches Gasthaus, dort kriegst du den bestimmt.«

»Hast mich überredet. Aber mit dem Auto fahre ich nicht. Die Parkplätze sind dort meist randvoll.«

»Zu Fuß? An meine Beine denkst du dabei aber nicht. Kann doch kaum gehen«, jammerte Uschi.

»Wirst sehen, so ein Spaziergang mit bequemen Tretern tut dir gut.«

Uschi maulte noch ein wenig, dann zog sie sich aber doch ihre Sneakers an und sie brachen auf. Weit kamen sie nicht.

»Guten Abend, Herr Nachbar. Lange nicht gesehen«, sprach sie im Dunkel eine Stimme an.

»Grüße Sie, Herr …, Herr …«, stammelte Höfer überrascht.

»Ist nicht nötig, dass Sie sich an mich erinnern«, sagte Herr Nötig, der am Zaun lehnte. »Sie kennen sicher eine Menge Leute, da kann das innere Adressbuch manchmal schon einen Namen nicht auf Lager haben.« Nötig deutete auf seinen Kopf.

»Was machen Sie um diese Zeit noch im Garten?«, fragte Höfer.

»Muss ihn langsam auf den Winter vorbereiten. Außerdem habe ich ja sonst nichts zu tun.«

»Na dann, frohes Schaffen. Guten Abend.« Höfer wendete sich ab, doch Nötig hielt ihn zurück.

»Sie sind doch bei der Polizei, richtig?«

»Nein! Ist er nicht«, sagte Uschi pikiert.

»Weshalb brauchen Sie die Polizei?« Höfer war neugierig.

»Ich habe eine Bekannte, mit der ich manchmal am Gartenzaun plaudere. Aber jetzt ist sie seit gut einer Woche nicht hier gewesen. Ich hoffe, dass ihr nichts geschehen ist.«

Eine Frau, die abgängig war – Höfer wurde hellhörig, doch ein Blick zu Uschi genügte.

»Ich komme morgen zu Ihnen, dann unterhalten wir uns, ja? Wiedersehen.« Uschi hatte seine Hand genommen und zog ihn weiter. Der Schweinsbraten wartete.

*

Kerbl saß am nächsten Tag beim Schreibtisch, blätterte Akten durch, um sie danach zu unterschreiben. Er seufzte. Der Stapel schien nicht kleiner zu werden.

Es klopfte an der Türe.

»Ja. Bitte?«, rief er und hoffte, dass man ihm nicht neue Akten brachte.

Höfer trat ein.

»Sie, Herr Major?« Kerbl war überrascht. »Seit wann kommen Sie nicht hereingestürmt?«

»Ich kenne jemanden, der meint, dass man sich an die Etikette halten sollte«, meinte Höfer.

»Diesem Mann gebe ich einen Gutpunkt«, sagte Kerbl. »Gibt es etwas Neues?«

»Möglich. Nachmittags treffe ich mich mit meinem Nachbarn. Er vermisst eine Bekannte, mit der er immer plauderte. Vielleicht haben wir Glück und er erkennt sie am Foto. Wissen Sie eigentlich schon, wann der Zeichner kommt?«

»Angeblich morgen. Ich gebe Ihnen Bescheid, damit Sie die alte Dame abholen können.«

»Ich hoffe, Frau Gerti bekommt das mit dem Zeichner hin und kennt die Tote wirklich. Mir hat sie gesagt, die Frau schielt. Wissen Sie, auf wie viele Arten man schielen kann? Ist ja verrückt, dass wir dazu einen Spezialisten brauchen.«

»Naja, ich bin jedenfalls gespannt, was Ihr Nachbar sagt. Das wäre es dann. Sie sehen eh, hab eine Menge Arbeit.« Kerbl wies auf die Aktenstapel.

»Alles klar. Man wirft mich hinaus«, schmunzelte Höfer. »Ah! Mir fällt noch etwas ein. Hat euer Doktor schon etwas herausgefunden?«

»Ich fürchte, auch das wird noch ein wenig dauern«, seufzte Kerbl.

»Also doch ein Amateur«, murmelte Höfer und stand auf.

»Nein, nein, so ist es nicht. Er braucht nur einige neue Geräte, um das Blut der Frau nach Gift oder Medikamenten zu untersuchen und es ist die Frage, wann er sie bekommt. Über Doktor Piker lasse ich nichts kommen.«

»Wie Sie meinen. Also dann, bis später. Arbeiten Sie nicht zu viel.«

*

»Na, Herr Nachbar, wie immer fleißig bei der Arbeit?« Höfer lehnte am Gartenzaun und blickte zu Herrn Nötig, der halbverdeckt von einem Strauch auf der Erde kniete.

Höfer verstand nicht, weshalb der Mann Tag für Tag, Stunde für Stunde in seinem Garten herumkroch. Wenn etwas blüht, dann blüht es eben, wenn nicht, dann eben nicht. Die Natur macht es schon so, wie sie es für richtig hält. Da musste man doch nicht da zupfen und dort schneiden, da graben und dort aufschütten. Er fand das vollkommen sinnlos. Nötig war unter dem Strauch hervorgekrochen und kam zum Zaun.

»Das ist schön, dass Sie nicht auf mich vergessen haben. Meist ist es ja so, dass man eine Einladung ausspricht und der andere sich nach einer Minute nicht mehr daran erinnert. So sind die Leute heutzutage. Kommen Sie herein, Herr Nachbar. Darf ich Ihnen einen Kaffee anbieten?«

Höfer nickte, obwohl ihm ein Bier lieber gewesen wäre. Er setzte sich auf die Terrasse, fand die Kühle angenehm und hörte drinnen Nötig mit verschiedenem Geschirr hantieren. Der Garten sah wirklich prachtvoll aus, musste er sich eingestehen, obwohl er sonst die Natur ohne menschliche Eingriffe bevorzugte.

»Ist es nicht herrlich«, meinte Nötig, als er mit den Tassen herauskam. »Leider habe ich gerade gesehen, dass ich keine Milch habe.«

»Ich trinke ihn eh lieber schwarz«, sagte Höfer und nahm einen Schluck. »Verdammt heiß!«, murmelte er. Jetzt fröstelte er ein wenig, zu dieser Jahreszeit sollte man doch nicht mehr draußen sitzen.

»Nun, Herr … Nötig«, ein Glück, dass er sich plötzlich an den Namen erinnerte. »Sie erzählten von einer Dame, die Sie vermissen. Zufällig habe ich das Foto von einer Frau mit, die abgängig ist. Sehen Sie es sich an, wenn Sie die Dame erkennen, können Sie mir vielleicht einiges über sie erzählen.«

Nötig warf nur einen kurzen Blick auf das Bild.

»Nein! Kenne ich nicht.« Er gab Höfer das Foto zurück. »Die Frau, die ich meine, muss hier irgendwo in der Gegend leben. Sie hat lockige weiße Haare und ist ausnehmend hübsch. Könnte mir gefallen. Ihr Name ist – warten Sie – Hedi? Nein! Heidi heißt sie und hat eine Freundin, die auch manchmal mit war.«

Wie Höfer auf die Idee kam, konnte er nicht sagen. Er führte es auf seinen kriminalistischen Sinn zurück.

»Die Freundin heißt Gerti, habe ich recht?«

»Woher wissen Sie das?« Nötig war verblüfft.

»Ich kenne die Damen«, schmunzelte Höfer. »War erst gestern bei ihnen. Sie erfreuen sich bester Gesundheit. Ihr Haus ist gleich hier in einer Nebengasse. Wenn die Damen nicht zu Ihnen kommen, sollten Sie ihnen einmal einen Besuch abstatten.«

»Wenn das so leicht wäre«, rief Nötig. »Komme ja nie aus dem Garten heraus.«

»Ich bitte Sie! Wenn Sie einmal ein, zwei Stunden nicht da sind, wird er das aushalten. Die Damen sind darüber sicher erfreut.«

*

Am nächsten Morgen stand Uschi bei der Kaffeemaschine und Höfer strich sich gerade ein Butterbrot für das gemütliche Frühstück, als sein Handy läutete.

»Es brennt!«, rief Kerbl. »Der Zeichner ist in einer halben Stunde bei uns und er hat nicht viel Zeit. Ich brauche schnellstens die Frau hier. Beeilen Sie sich.«

»Sie sind gut!«, sagte Höfer. »Das kommt jetzt überraschend. Ich hoffe, die Damen schlafen nicht mehr, sonst kann das länger dauern.« Kerbl hatte aber bereits aufgelegt.

»Es ist ja zu blöd«, schimpfte er. »Nicht einmal ein angenehmes Frühstück gönnt man mir. Uschi, es tut mir leid, ich muss weg.«

»Na klar!«, murrte sie. »Ausgerechnet jetzt. Wo wir uns doch sonst den ganzen Tag nicht sehen. Schade!«

Er nahm das Butterbrot in die Hand. »Ich komme dann zu dir Kaffee trinken. Versprochen.«

»Wer es glaubt!«, murmelte Uschi.

Höfer biss von seinem Brot ab und verschwand schnell durch die Türe.

*

Als er sein Auto startete, fiel ihm ein, dass er Frau Gerti anrufen sollte. Nicht, dass sie möglicherweise in der Badewanne herumplätscherte, wenn er vor dem Haus stand. Niemand hob ab.

Das war ja vorauszusehen, ärgerte er sich. Hinfahren muss ich dennoch, dachte er, auch wenn ich mich mit zwei halbnackten Weibern herumärgern muss. Es war zu wichtig, endlich ein richtiges Portrait des Mordopfers zu bekommen.

Gerade als er sich vor dem Haus einparkte, öffnete sich die Türe, Heidi und Gerti traten heraus.

»Wie ausgemacht!«, rief er erfreut. »Frau Gerti, Sie können gleich bei mir einsteigen, der Spezialist wartet.«

»Das geht jetzt nicht«, meinte Gerti.

»Bitte?«

»Ich muss mit Heidi einkaufen. Wenn ich nicht dabei bin,

bringt sie höchstens die Hälfte nach Hause von dem, was wir brauchen«, erwiderte Frau Gerti energisch.

»Schreiben Sie einen Zettel für sie, dann kann nichts passieren«, meinte er.

»Haben Sie eine Ahnung! In ihrer schusseligen Art verliert sie den sicher. Nein, ich muss dabei sein.«

»Frau Gerti, es ist sehr wichtig, dass Sie jetzt mitkommen. Sie wollen doch auch, dass wir Klarheit bekommen, wer die Tote ist. Der Zeichner hat nicht viel Zeit, wenn wir jetzt nicht hinfahren, wer weiß, wie viele Wochen wir dann auf ihn warten müssen. Ich mache Ihnen einen Vorschlag, sollte Frau Heidi etwas vergessen, fahre ich sie anschließend zum Supermarkt, ja?«

»Das ist doch äußerst umständlich«, wehrte sich Gerti.

Sie einigten sich schließlich darauf, dass beide mitfuhren und Höfer sie anschließend zum Einkauf brachte.

*

Der Spezialist wartete bereits ungeduldig.

»Was glauben Sie, was ich heute noch zu tun habe«, maulte er und blickte auf seine Uhr. »Das gibt wieder Überstunden, doch die sieht der Chef gar nicht gerne.«

»Was glauben Sie, wie viele Stunden ich sammle, wenn wir nicht bald die Tote identifiziert haben«, entgegnete Kerbl. »Frau Gerti, setzen Sie sich zu dem Herrn und konzentrieren Sie sich. Ich brauche endlich Ergebnisse.«

Indessen spazierte Heidi im Büro herum. Schließlich nahm sie einen Akt vom Schreibtisch und schlug ihn auf.

»Frau Heidi!«, rief Kerbl, der dem Zeichner über die Schulter blickte. »Legen Sie den bitte zurück. Der ist ›top-secret‹, nichts für Privatpersonen.«

»Aber geh, ist doch nur ein Parkvergehen, wie ich lese«, lachte sie.

»Trotzdem! Das geht nur die Polizei etwas an. Herr Major, kümmern Sie sich darum? Die Dame hat sehr neugierige Finger.«

»Frau Heidi, vorne bei der Wache habe ich eine Illustrierte gesehen. Soll ich sie Ihnen holen? Oder Sie sehen Ihrer Freundin zu, wie sie und der Zeichner ein Gesicht entstehen lassen«, knurrte Höfer.

Heidi bequemte sich zum Bildschirm, wo der Mann auf Geheiß von Gerti immer wieder die Pupillen verschob.

Endlich schien sie zufrieden zu sein und Heidi schrie auf.

»Gerti, die kenne ich. Ist das nicht die Verrückte, die behauptet, adelig zu sein?«

»Ja! Sie heißt Annegret von Bortstein, zumindest nennt sie sich so«, wandte Gerti sich an Höfer. »Wo sie wohnt, kann ich nicht sagen, das müsst ihr selbst herausfinden.«

»Das machen wir. Vielen Dank«, sagte Kerbl.

»Ich habe es euch auf diesen Stick kopiert«, sagte der Zeichner und räumte seine Sachen zusammen. »Ging ja schneller als gedacht. Vielleicht schaffe ich den Tag ohne Überstunden, schönen Tag noch«, meinte er und verschwand.

»So, meine Damen, dann schnell zum Einkauf«, drängte Höfer. »Inspektor Kerbl und ich haben anschließend sicher eine Menge Arbeit.«

Kapitel 5

»Oh verdammt!« Gerti klatschte mit ihrer Hand auf den Küchentisch. »Wegen dieser blöden Augengeschichte hab ich glatt das Schlagobers beim Einkauf vergessen.«

»Das passiert ausgerechnet dir?«, grinste Heidi und erinnerte sich an einen alten Hollywoodschinken. »Kein Mensch ist vollkommen, har, har, har! Erinnerst du dich an den Film ›Manche mögen's heiß‹? Das sagte ein Herr zu Jack Lemmon, der als Frau verkleidet war und gestehen musste, dass er ein Mann sei. Damals musste ich wahnsinnig darüber lachen. Mach dir nichts draus, wir sind ja beide nicht mehr die Jüngsten, da kann das schon mal vorkommen. Ich lauf nachher noch einmal zum Supermarkt.«

»Ich verstehe es nicht«, schüttelte Gerti ihren Kopf. »Das kommt davon, dass wir uns so hetzen mussten. Na warte, unserem Polizisten werde ich das nächste Mal ordentlich den Kopf waschen.«

»Übrigens – du sagtest ›blöde Augengeschichte‹, so dumm war das gar nicht. Jetzt wissen wir wenigstens, wie die Tote heißt.«

»Pah – und was haben wir davon?«

»Sie hatte doch sicher einige Freundinnen und Bekannte. Mit denen müssen wir reden. Vielleicht finden wir heraus, weshalb sie umgebracht wurde. Gerti, das ist spannender als ein Krimi.«

»Ja, und dann wachen wir beide ohne Augen und Zunge auf. Das will ich uns nicht antun.« Gerti zog ihre Stirne in Falten. »Aber du hast recht, interessant wäre es schon. Wir dürfen uns nur nicht zu weit vorwagen.«

Heidi klatschte in die Hände.

»Toll! Der nette Polizist wird sich sicher darüber freuen.«

»Dann soll er uns ein Schlagobers bringen«, murmelte Gerti.

»Etwas anderes, Gerti, wie geht es eigentlich in deinem Krimi nach der zweiten Toten weiter?«

»Weiß ich nicht. Ich habe ihn zur Seite gelegt. Ist mir zu gruselig. Außerdem hat man bei uns ja noch keine zweite Tote gefunden. Möglich, dass ich später weiterlese, ich werde sehen.«

»Ich hab dir gesagt, bei uns gibt es sicherlich keinen weiteren Mord. Wäre ja lachhaft – ein Krimischreiber als Serienmörder, ha!«

»Dein Wort in Gottes Ohr«, sagte Gerti und begann, den Einkauf zu verstauen.

*

»Puh! Also mit zwei Weibern in den Supermarkt zu gehen hat mich geschafft«, stöhnte Höfer, als er in Kerbls Büro kam. Er schmiss den Aktenstapel, der auf einem Sessel lag, zu Boden, setzte sich und streckte die Beine aus. »Wenn ich, was mir hin und wieder nicht erspart bleibt, einkaufen gehe, nehme ich das Zeug, das ich brauche, schmeiße es in den Korb und gehe schnellstens zur Kassa. Aber die zwei – da wird alles fünfmal in die Hand genommen, studiert und gedreht, obwohl ich nicht glaube, dass sie das Kleingedruckte lesen können, dann zurückgestellt, ein anderes genommen, das Procedere wiederholt sich und so weiter und so weiter. Ich sage Ihnen, da lernt man Geduld.«

»Die ist doch auch in unserem Beruf sehr wichtig, Herr Major«, lächelte Kerbl.

»Ja, schon, aber ob ich die Butter oder jene nehme, oder dieses oder ein anderes Joghurt, ist doch vollkommen egal. Kommen eh aus der gleichen Großfirma.«

»Naja, es gibt schon auch Unterschiede«, meinte Kerbl.

»Ah so? Woher wollen Sie das wissen?«

»Manchmal gehe ich mit meiner Freundin einkaufen. Die klärt mich auf. Arbeitet schließlich in einem Detektivbüro.«

»Also für mich riecht und schmeckt alles gleich«, sagte Höfer. »Aber jeder, wie er will. Sagen Sie, gibt es schon neue Erkenntnisse zu unserer Leiche?«

»Ich habe bereits die Adresse der Toten bekommen. Ich denke, da schauen wir uns einmal um?«

»Nichts wie hin«, rief Höfer euphorisch. »Höchstens, Sie müssen sich noch mit Akten beschäftigen.«

»Dieser Tätigkeit weiche ich liebend gerne aus«, sagte Kerbl und suchte seinen Autoschlüssel.

*

»Also, als vornehm kann man die Gegend nicht gerade bezeichnen«, brummte Höfer.

»Oh doch, wir befinden uns im Villenviertel«, entgegnete Kerbl.

»Sieht nicht danach aus.«

»Nun ja, in der heutigen Zeit ist es oft schwierig, diese Altbauten zu erhalten. Das Geld wird weniger wert und die Baukosten schießen an die Decke. Aber sehen Sie sich doch die prachtvollen Gärten an. Muss schön sein, hier zu wohnen.«

Höfer murmelte Unverständliches.

Sie fuhren die Gasse entlang, alte Villen reihten sich aneinander, manchmal von einem protzigen Neubau unterbrochen.

»Jetzt sollten wir bald da sein«, meinte Kerbl und bremste plötzlich so abrupt ab, dass Höfer nach vorne fiel.

»Das muss es sein«, rief Kerbl.

Sie standen vor einem Haus, das beinahe eine Ruine war. Abgebröckelter Putz legte die Ziegel frei, Dachrinnen hingen schief an der Mauer, Fensterflügel fehlten, der Garten war eine Wildnis. Tonnen standen oder lagen herum, Gras und Löwenzahn hatten die Stufen zum Eingang erobert. Rechts stand ein nettes kleines Haus mit einem riesigen gepflegten Garten, links befand sich eine unbebaute Wiese.

»So lebt man also als Adelige. Es muss ein Krampf sein, sich hier einigermaßen wohlzufühlen. Krampfadelig, das ist das richtige Wort dafür«, meinte Höfer zynisch.

»Wir sollten uns jetzt auf die Nachbarn konzentrieren. Die müssten ja einiges wissen«, schlug Kerbl vor.

»Warum gehen wir nicht ins Haus? Schauen Sie, die Gartentüre ist jedenfalls nicht verschlossen«, sagte Höfer.

»Ich weiß nicht. Das ist doch Eindringen in die Privatsphäre«, zierte sich Kerbl.

»Die Tote wird sich darüber nicht beschweren, wenn sie denn auch wirklich die Tote ist«, meinte Höfer und stieß das Gartentor auf. Es war mühsam, sich den Weg durch das hohe Gras zu bahnen.

»He! Was machen Sie da? Verschwindets, oder ich ruf die Polizei!« Der Mann, der sich so erregte, stand am Gartenzaun des Nachbargrundstücks. Er hatte ein breites Gesicht, eine massige Figur, was darauf hindeutete, dass er gerne und viel aß. Kerbl schätzte ihn auf zirka sechzig Jahre.

»Sehen Sie, da haben wir es ja«, seufzte Kerbl und stapfte auf den Zaun zu.

»Ich bin die Polizei«, sagte er und hielt dem Mann seinen Ausweis vor die Nase.

»Aha! Und der da?«

»Landeskriminalamt!«, nuschelte Höfer und hielt kurz seinen Führerschein hoch.

»Servas! Was wollt's ihr denn von der Gräfin?«, wunderte sich der Mann. »Also Verbrecherin ist sie sicher keine. Sie spinnt zwar kräftig, das kann man schon sagen, aber sonst …«

»Was meinen Sie mit spinnen?«, fragte Höfer interessiert.

»Naja«, druckste der Mann herum, »sie hat halt eigene Ansichten über das Leben, die sie laut kundtut. Über Glauben, Hexen, Zauberer und seit Neuestem fremde Mächte aus dem Weltall. Eigentlich kümmere ich mich ja nicht darum, hab Besseres zu tun, aber manchmal waren schon sehr eigenartige Leute bei ihr.«

»Was meinen Sie mit eigenartig?«, fragte Kerbl.

»Na, mit komischem Gewand, silbernen Hüten und so weiter. Als ob sie einen Maskenball veranstaltete. Die sind dann oft unter Getrommel auf der Wiese herumgehüpft, aber viel kann ich dazu nicht sagen, das war mir unheimlich. Hab mich dann immer verzogen.«

»Glauben Sie, dass die Frau diese Leute finanziell unterstützt hat?«

»Die Gräfin?« Der Mann begann zu lachen. »Wenn, dann war es eher umgekehrt. Schauen Sie sich doch das Haus und den Garten an. Geld hat sie keines. Manchmal ist sie sogar vor meiner Türe gestanden und hat um ein Stück Brot gebeten. Wie sie über die Runden kommt, ist mir ein Rätsel.«

»Glauben Sie, dass sie zu Hause ist?«, mischte sich nun Höfer ein.

»Keine Ahnung!«, der Mann zuckte die Schultern. »Hab sie schon ein paar Tage nicht gesehen.«

Höfer fingerte das Foto aus seiner Tasche.

»Das ist doch die Gräfin, oder?«

»Ja! Natürlich!« Der Mann begann zu lachen. »Was hat sie denn angestellt? Eine Bank überfallen?«

»Sie ist tot«, sagte Höfer trocken.

»Was? Wie denn? Ist sie auf der Straße umgefallen?«, rief der Mann.

»Aus ermittlungstaktischen Gründen können wir darüber keine Auskunft erteilen«, sagte Kerbl. »Nur so viel – sie wurde ermordet.«

»Grundgütiger Himmel, wer macht denn sowas?«

»Das wollen wir herausfinden«, meinte Höfer. »Kennen Sie irgendjemanden von diesen komischen Gestalten? Damit könnten Sie uns weiterhelfen.«

Der Mann schüttelte betroffen den Kopf und murmelte immer wieder: »Ermordet! Das gibt's doch nicht!«

»Im Augenblick haben wir keine weiteren Fragen«, sagte Kerbl. »Sollten wir noch etwas wissen wollen, würde ich Sie bitten, weiter zu unserer Verfügung zu stehen.«

Der Mann nickte heftig und die beiden verabschiedeten sich.

Das Gartentor quietschte. Höfer und Kerbl, die mehr auf den Boden geachtet hatten, um nicht zu stolpern, blickten hoch. Zwei Männer, beide in einen silbernen Umhang gekleidet und mit ebensolchen Hüten am Kopf, kamen auf sie zu.

»Ah!«, rief einer. »Zwei neue Mitglieder? Das freut uns. Kommen Sie. Ich erkläre Ihnen gleich anschließend, wie Sie Ihre Schutzkleidung anfertigen können. Wir möchten zuvor nur Artura begrüßen.«

Einer klopfte in einem bestimmten Rhythmus an die Haustüre.

Es rührte sich nichts.

Er versuchte es noch einmal mit lauteren Schlägen.

»Eigenartig! Sie ist doch immer zu Hause«, wunderte er sich.

»Ich fürchte, sie wird Ihnen nie wieder öffnen«, meinte Kerbl.

»Nein, nein! Sie ist eine zuverlässige ...« Der Mann starrte sie misstrauisch an. »Sie scheinen keine neuen Mitglieder zu sein. Wer sind Sie eigentlich? Woher kennen Sie Artura überhaupt? Wo ist sie?«

»Wie soll ich sagen – Ihre Artura ist sozusagen entschwunden.« Höfer versuchte ernst zu bleiben.

»Was? Haben die Aliens sie geholt?« Er wandte sich an seinen Freund. »Wie oft habe ich sie gebeten, nicht auf ihre Schutzkleidung zu vergessen. Und jetzt das.«

Der Freund hatte die Augen aufgerissen und wandte sich Höfer und Kerbl zu. Mit seinen Fingern machte er ein Kreuz und hielt es ihnen entgegen.

»Uns könnt ihr nicht telepathisch beeinflussen. Ihr seid doch auch Fremde, die auf unserer Welt nichts zu suchen haben. Steigt in euer Ufo und verschwindet.«

Höfer konnte sich nicht halten und brach in schallendes Gelächter aus.

»Glaubt ihr wirklich an diesen Scheiß? Wir sind ganz normale Menschen, so wie ihr. In unseren Adern fließt kein grünes Blut, wenn ihr wollt, zeig ich es euch. Wichtiger aber ist, wir sind von der Polizei.«

»Sind die auch schon infiltriert?«

»Um es kurz zu machen«, schaltete sich Kerbl ein, »eure Gräfin wird nie mehr die Türe aufmachen, denn sie weilt nicht mehr auf dieser Welt.«

»Ich wusste es ja. Wir müssen noch vorsichtiger sein, sonst erwischen sie uns schließlich doch«, flüsterte der Zweite und warf einen Blick um sich.

Kerbl hüstelte verlegen, sein Witz war in die Hose gegangen.

»Um das einmal klarzustellen«, knurrte Höfer, »es waren keine Außerirdischen. Die hätten sie doch studiert und möglicherweise ausgeweidet. Aufgefunden haben wir sie aber ganz – also fast ganz. Es war ein Irdischer, der sie ermordet hat.«

»Deshalb fragen wir Sie, hatte die Gräfin sonst noch Feinde? Ich meine außer euren Aliens? Denken Sie bitte gut nach«, mischte sich Kerbl ein.

»Feinde? Feinde?«, murmelte der Zweite. »Natürlich haben wir Feinde. Vor allem bei der Bevölkerung, die nicht mit Intelligenz gesegnet ist.«

»Hören Sie! In jedem Verein gibt es doch zumindest einen, der selbst Präsident sein will und alles daran setzt, um es zu werden. Das wird bei euch doch nicht anders sein«, brummte Höfer.

»Wir sind kein Verein, wir sind eine Gemeinschaft, die die Menschheit aufrütteln will«, verteidigte sich der eine. »Aber wir werden darüber nachdenken und Ihnen Bescheid geben, versprochen.«

»Tun Sie das. Jetzt brauche ich noch Ihre Namen, Adressen und Telefonnummern bitte.« Kerbl holte sein Notizbuch hervor.

Nachdem die beiden Männer sich verabschiedet hatten, stand Höfer grübelnd da.

»Was meinen Sie? Schauen wir uns im Haus noch ein wenig um?«

»Das Einzige, was da drinnen zu finden ist, sind wahrscheinlich grüne Männchen«, lachte Kerbl. »Nein, danke. Ich habe genug für heute. Außerdem, ohne Spusi sollten wir nicht in diese heiligen Hallen treten.«

*

»Was schaust du dir schon wieder Reklame an«, rief Gerti, als sie von der Küche ins Wohnzimmer kam. »Du weißt doch, dass wir uns mit den kleinen Pensionen nichts Außergewöhnliches leisten können.«

»Das ist keine Reklame!« Heidi winkte mit dem Zettel.

»Ha, was denn sonst? Ich kenne dich doch.«

»Das hat mir ein komischer Mensch beim Einkauf in die Hand gedrückt. Zuerst hab ich mir auch gedacht, er will mir etwas verkaufen, aber dann … Hast du gewusst, dass wir von Außerirdischen bedroht werden?«

»Schwachsinn! Zeig her.« Gerti riss Heidi den Zettel aus der Hand. Sie las ihn und begann schallend zu lachen.

»Schauen Sie niemandem, den Sie nicht kennen, in die Augen. Es könnte ein Alien sein, der dann Ihren Geist übernimmt und Sie wie ein ferngesteuertes Wesen herumgehen lässt! Also wirklich, die Menschheit wird immer blöder. Der Mann hat zu viele Zombie-Filme gesehen. Eindeutig! Und dann sollen wir uns noch Alu-Folie um den Kopf wickeln, um uns zu schützen. Der Kerl muss aus dem Irrenhaus entkommen sein.«

»Am Anfang habe ich mir das auch gedacht, doch dann fiel mir die Tote im Wald ein. Du hast doch gesagt, ihr wurde die Zunge abgeschnitten und die Augen ausgestochen. Was, wenn die Frau diesen Außerirdischen entkommen ist, den Leuten das erzählen wollte und deshalb wurde ihr die Zunge entfernt.«

»Langsam zweifle ich an deinem Geisteszustand, Heidi.« Gerti schüttelte den Kopf. »Sie hätten die Frau doch nur umbringen müssen, ohne diesen zusätzlichen Firlefanz. Glaub mir, da steckt anderes dahinter, etwas total Irdisches. Rache, Hass oder Beleidigung.«

»Meinst du? Aber diesen Zettel möchte ich schon dem netten Polizisten geben, vielleicht kann er damit etwas anfangen.« Ganz überzeugt war Heidi nicht.

»Was wir endlich machen sollten, ist, Näheres über diese Gräfin herauszufinden. Das haben wir uns doch vorgenommen.«

*

Höfer ärgerte sich noch immer, dass sich Kerbl nicht dazu überreden ließ, gleich im Haus der Toten Nachschau zu halten, dass er sich auf die Spusi ausredete. Außerdem bekam er Sehnsucht nach einem guten Kaffee. Das braune Wasser, wie er das Gesöff aus dem Automaten auf der Inspektion nannte, wollte er im Augenblick nicht.

Kerbl war ohnehin damit beschäftigt, die Daten der beiden Aluhutträger anzusehen, das konnte er auch alleine machen.

Höfer verabschiedete sich und spazierte zu Uschi.

Sehr gut war ihr Lokal nicht besucht. Er setzte sich an den Tresen. Uschi war nirgends zu sehen.

Als er sich umblickte, fiel ihm ein Mann auf, der seinen breitkrempigen Hut tief in die Stirne gezogen hatte. Die Krempe schillerte silbern. War das nicht Otto? Vor einiger Zeit hatte der ihm und Uschi zwei Morde gestanden, die er gar nicht verübt hatte. Seitdem lebte er in Uschis kleiner Wohnung, was ihm Höfer hoch anrechnete, denn dadurch war es leichter gewesen, Uschi sein Haus schmackhaft zu machen.

»Hallo Otto, geht es gut?«, rief er.

Der blickte kurz auf, hob die Hand zum Gruß, senkte gleich darauf wieder seinen Kopf so tief hinunter, dass Höfer vom Silberschimmer der Krempe fast geblendet wurde.

In diesem Moment kam Uschi aus der Küche und servierte einem Gast den bestellten Toast Hawaii.

»Was führt denn dich zu mir?«, fragte sie anschließend, die Hände in die Hüften gestützt. »Hat dich dein Abteilungsinspektor hinausgeschmissen?«

»Ich hatte Sehnsucht nach dir«, meinte er.

Sie bedachte ihn mit einem skeptischen Blick.

»Wirklich, Uschi!«, beteuerte er. »Du fehlst mir. Außerdem habe ich Durst.«

»Ha! Das ist es!«, rief sie. »Ein Bier für den Herrn?«

»Nein! Ich brauche unbedingt einen guten Kaffee von dir. Das Gesöff auf der Inspektion kann man ja nicht trinken.«

»Kommt sofort, der Herr«, rief sie. »Ich muss nur vorher den Abwasch erledigen.«

»Uschi, bitte!«

»Ein Scherz, Pauli.«

»Den habe ich jetzt wirklich gebraucht«, stöhnte er, als Uschi ihm die dampfende Tasse vor die Nase stellte. »Du weißt ja nicht, mit wie vielen verrückten Leuten wir es bei dieser Ermittlung zu tun haben.«

Er schilderte ihr das Treffen mit den Aluhutträgern und dem Nachbarn beim Haus der alten Gräfin.

»Haben die so wie Otto ausgesehen?«, lachte Uschi.

Otto! Natürlich! War der auch in die Fänge dieser obskuren Idioten geraten? Er hatte sich nichts gedacht, als er ihn mit dieser silbernen Krempe sah, denn bei Otto musste man immer mit Überraschungen rechnen.

»Weißt du, weshalb er diesen Hut trägt?«, fragte er Uschi.

Sie schüttelte den Kopf. »Hab es als eine seiner Spinnereien hingenommen.« Sie stockte. »Glaubst du, er hat mit dieser Sache etwas zu tun?«

»Doch nicht Otto. Aber es wäre interessant, wie er zu diesen Leuten gestoßen ist. Vielleicht hat er unbewusst etwas mitbekommen, das unseren Ermittlungen weiterhelfen könnte. Zu dir hat er mehr Vertrauen als zu mir. Könntest du ihn bitte fragen?«

Uschi war das nicht recht, das sah er ihr an. Sie blickte sich um, doch die drei Besucher, die im Lokal saßen, waren mit ihren Zeitungen beschäftigt. Seufzend erhob sie sich und ging zu Otto. Flüsternd unterhielten sie sich und Höfer versuchte krampfhaft, nicht zu ihnen hinzustarren.

Es fiel ihm sehr schwer, teilnahmslos in eine Ecke zu glotzen. Er blickte erst wieder auf, als einer der Gäste zahlen wollte. Otto saß da und drehte verlegen seinen Hut in der Hand.

Uschi kam zu Höfer, der ihr erwartungsvoll entgegensah.

»Hast du das Foto der Toten da?«, fragte sie.

Er fingerte das Bild aus seiner Brusttasche.

»Ich zeige es Otto. Ist nur ein Versuch. Vielleicht ist er ihr irgendwann begegnet.«

Die Türe öffnete sich und eine Gruppe junger Leute kam lärmend herein.

»Oje!«, sagte sie. »Ich behalte das Foto und zeige es ihm später, ja? Und du verschwindest jetzt besser. Alles Weitere erzähle ich dir am Abend. Tschüss, mein Lieber.«

In Höfer stieg Ärger auf. Warum musste diese Mistbande ausgerechnet jetzt erscheinen? Den Lärm, den die Kinder erzeugten, brauchte er aber auch nicht. Fluchtartig verließ er das Lokal. Sollte er zu Kerbl zurückgehen? Das brachte doch ebenfalls nichts. Er beschloss, einen Spaziergang zu machen, sich nochmals am Tatort umzusehen. Wenn er dort auch keine Inspiration bekam, war er wenigstens an der frischen Luft.

Kapitel 6

»Du bist zu Hause?«, fragte Uschi überrascht. »Weshalb hast du dann die Eingangstüre abgeschlossen?«

Hatte er das? Eine passende Antwort musste her.

»Damit die Aliens mich nicht kidnappen.« Uschi sah ihn verwirrt an. »Entschuldige! Ich war anscheinend so in Gedanken, muss das unbewusst gemacht haben. Was gibt es bei dir Neues?«

»Später!«, meinte sie und stellte ihre Tasche auf den Tisch.

»Du – ich habe einen wahnsinnigen Hunger.«

»Da sitzt du daheim herum und bist nicht imstande, in die Küche zu gehen und uns etwas zu kochen?«, keifte sie. »Für deine angeblich einzige Freundin könntest du das schon tun, vor allem wenn sie ermüdet und ermattet von der Tagesarbeit nach Hause kommt.«

»Uschi, ich will dich doch nicht verlieren. Meine Kochkünste sind, naja, sagen wir einmal, sehr gewöhnungsbedürftig. Wenn ich am Herd gestanden wäre, nähmst du sicher schnellstens Reißaus und das will ich nicht.«

»Allein der Gedanke des Wollens zählt doch, Pauli. So schlimm kann es doch nicht sein.«

»Hast du eine Ahnung!«, brummte er.

»Also gut! Aber es gibt nur schnelle Küche. Im Eiskasten sind noch zwei Schnitten Leberkäse. Die brate ich an. Aber du kommst mit. Darfst die Semmeln aufbacken. Damit du endlich deine eigene Küche kennenlernst.«

Mit Gurkerln, Zwieberln, Senf und Oliven schmeckte es gar nicht so schlecht. Eine Flasche Bier war natürlich zu wenig.

Er stand auf und holte zwei weitere aus dem Eisschrank.

»Erzähle, Uschi«, meinte Höfer und lehnte sich in der Sitzbank zurück. »Hast du mit Otto noch reden können?«

»Ja!« Sie lachte auf. »Stell dir vor, er begegnete zwei Männern auf der Straße, die silberne Umhänge und Hüte trugen. Das Glitzern beeindruckte ihn anscheinend so sehr, dass er ihnen nachging. Vor einem Supermarkt blieben sie stehen und begannen Zettel zu verteilen. Otto holte sich natürlich einen. Er hat ihn mir gezeigt. Während des Lockdowns müssen den Leuten wirklich die blödesten Ideen eingefallen sein. Aliens, ich bitte dich! Otto nahm es aber für bare Münze und bastelte sich ebenfalls einen Hut.«

»Hast du versucht, ihm den Unsinn auszureden?«

»Keine Chance. Er hat immer nur gesagt, sicher ist sicher. Grüne Männchen sind ihm unheimlich.«

»Was hat er zu dem Foto gesagt? Ich hoffe, du hast nicht vergessen, es ihm zu zeigen?«

»Das war eigenartig. Er hat es lange angesehen und dann behauptet, diese Hexe nicht zu kennen. Auch als ich sagte, dass sie ermordet wurde und du den Täter finden willst, blieb er dabei. Ich vermute, dass sie ihm bekannt ist, aber in welchem Zusammenhang, darüber wollte er sich nicht auslassen. Möglich, dass er einmal bei ihren Hexensabbaten dabei war. Dass er in der letzten Zeit mit ihr zu tun hatte, schließe ich aus. Da hätte er schon länger seinen silbernen Hut getragen.« Uschi runzelte die Stirn. »Vielleicht hat er bei diesen Hexereien etwas erlebt, das er am liebsten vergessen würde.«

»Das kann schon sein. Wer weiß schon, was in seinem Hirn vorgeht? Etwas anderes, Uschi, ich habe dir doch von den komischen Aluhutträgern beim Haus der Toten erzählt. Möglich, dass sie diese Zettel verteilt haben. Ich habe den leisen Verdacht, dass sie mit dem Tod der Alten etwas zu tun haben könnten. Wäre doch gut, zu erfahren, was sie sonst noch treiben.

Man müsste jemanden in diesem Verein haben, der uns alles brühwarm erzählen könnte. Was meinst du, sollen wir Otto dort einschleusen?«

»Bist du verrückt?«, schrie Uschi. »Kommt überhaupt nicht in Frage. Oder willst du, dass wir ihn auch tot im Wald finden?«

»Natürlich nicht! Es ist ja nicht gesagt, dass diese Leute mit dem Tod der Gräfin etwas zu tun haben. Ich möchte es nur nicht ausschließen.«

Nach einem heftigen Wortgefecht einigten sie sich, es Otto, wenn er den Wunsch hat, sich diesen Menschen anzuschließen, nicht ausreden zu wollen.

*

»Gerti, ich brauche eine Pause«, stöhnte Heidi. »Jetzt rennen wir stundenlang in der Stadt herum, fragen jeden, egal ob wir ihn kennen oder nicht, nach der Gräfin. Alle wissen, wer sie ist, aber niemand kann etwas über sie sagen. Außer, dass sie geschielt hat. Wie sollen wir da je Wichtiges über sie erfahren? Setzen wir uns ins Kaffeehaus, mir tun die Beine weh.«

»Spinnst du? Ich gebe doch dafür nicht Geld aus, was daheim kostenlos ist. Denk daran, wir müssen sparen.«

»Im Augenblick ist mir das vollkommen egal«, beharrte Heidi. »Ich muss mich hinsetzen, sonst falle ich noch um und komme ins Spital. Was glaubst du, was das erst kostet.«

»Schau, da vorne am Gehsteig steht eine Bank. Setzen wir uns dort nieder«, rief Gerti.

»Nein! Wie sieht das denn aus? Wir sind doch keine Betteltanten. Außerdem will ich nicht den Benzingestank einatmen und kalt ist es obendrein.« Heidi schüttelte sich. »Sie mal, da vorne scheint ein kleines Café zu sein. Da gehen wir hin.«

Sie mussten einige Stufen hinuntersteigen. Der Raum war ziemlich klein, einige Damen saßen bei einem Tisch, Männer standen an der Theke und unterhielten sich lautstark. Natürlich brauchte auch Gerti einen Kaffee. Sogar mit Schlagobers und sie schielte begehrlich zu der Mehlspeisenbox. Bei Kuchen und Torten konnte sich Gerti nicht halten. Sie sprang auf und ging zur Theke.

Heidi, die sich bequem zurücklehnte, schnappte den Tratsch der Damen vom Nebentisch auf. Sie redeten anscheinend über die Gräfin, es musste um sie gehen. Heidi spitzte die Ohren.

»Die Arme«, sagte die eine Frau. »Glaubt ihr wirklich, dass ihr Haus zwangsversteigert wird?«

»Was heißt arm?«, lachte die Zweite. »Die tut doch nur so. Ich bin sicher, die hat genügend Gold und Schmuck irgendwo in ihrem Haus versteckt. Sie behauptet ja stets, dass sie aus altem Adelsgeschlecht abstammt. Diese Familien haben doch immer uns einfachen Leuten alles abgenommen. Die spielt uns doch nur etwas vor, damit wir Mitleid haben mit ihr und sie unterstützen. Daheim lacht sie sich ins Fäustchen und wühlt in ihren Diamanten. Die Alte ist ein schielendes Biest.«

»Du übertreibst, meine Liebe«, mischte sich die Dritte ein. »Kennst du ihr Haus? Das ist eine Bruchbude. Niemand, der auch nur ein bisschen Geld besitzt, würde so wohnen wollen.« Sie holte tief Luft, ehe sie fortfuhr. »Habt ihr gewusst, dass sie glaubt, Außerirdische wollen die Menschheit ausrotten, um die Erde zu übernehmen? Die Frau lebt in einer anderen Welt.«

Heidi wollte sich schon in das Gespräch einmischen, um ihnen zu sagen, dass die Gräfin ermordet wurde, als Gerti zum Tisch zurückkam und sie anstieß. In der Hand hielt sie einen Teller mit schokoladeüberzogenen Kugeln und einem Haufen Schlagobers.

»Du, ich muss dir etwas Wichtiges erzählen.« Sie senkte die Stimme, sodass Heidi sich näher zu ihr beugen musste, um alles zu verstehen. »Als ich bei der Theke stand, habe ich mitgehört, was die Männer gesprochen haben. Laut genug waren sie ja. Also, anscheinend ging es um die Gräfin. Hast du gewusst, dass sie an Aliens glaubt und jeden, der es hören will oder auch nicht, zu missionieren versucht, um die Gefahr von uns Erdenbewohnern abzuwenden? Angeblich hat sie bei einer Menge von Leuten damit Erfolg. Die wickeln sich Alufolie um den Kopf, damit sie geschützt sind. Die Männer haben das ins Lächerliche gezogen, aber es könnte doch etwas Wahres dran sein, was meinst du?«

»Männer quatschen viel, wenn ihnen fad ist, oder sie genug Alkohol intus haben. Hast du schon jemanden mit Alufolie am Kopf gesehen?«

Gerti verneinte.

»Na also, wo sollen denn Aliens herkommen? Vom Mars vielleicht? Kleine grüne Männchen? Ich bitte dich, Gerti, fang jetzt nur nicht an, Science-Fiction zu lesen. Bleib bei den Krimis, die sind aufregend genug.«

»Ich habe dir doch nur erzählt, was ich gehört habe«, verteidigte sich Gerti.

»Ja, Schauermärchen, genauso wie bei den Damen am Nebentisch.« Sie erzählte, was sie mitbekommen hatte.

»Das musst du unbedingt deinem netten Polizisten sagen, vielleicht hilft ihm das«, meinte Gerti.

»Er ist nicht mein netter Polizist, wenn, dann ist er unserer«, brauste Heidi auf.

*

Höfer sah am Morgen aus dem Fenster des Schlafzimmers. Schneeflocken tanzten in der Luft. Um diese Jahreszeit?, dachte er. Wie wird denn dann der Winter werden? Eisig kalt, oder ein früher Frühling?Uschi stand schon in der Küche.

»Guten Morgen, du Langschläfer«, rief sie. »Ist der Schnee nicht herrlich?«

»Ja, wenn man nicht hinaus müsste«, brummte er. »Wirst sehen, in einer Stunde ist nur mehr Wasser und Dreck vorhanden.«

»Freu dich doch. Wie viele Jahre hat es schon keinen Schnee mehr gegeben? Jetzt wäre es im Wald richtig schön.«

»Für Spaziergänge haben wir leider keine Zeit. Du musst zur Arbeit, ich ebenso, hoffentlich hört das Gestöber bald auf, sonst kann ich mir noch das Kreuz beim Schneeschaufeln verreißen.«

»Also, Romantiker wirst du keiner mehr«, stellte sie fest.

»Das treibt man einem bei der Polizei aus«, meinte er nüchtern. »Soll ich dich mit dem Auto ins Café fahren?«

»Das ist lieb von dir, aber ich gehe zu Fuß. Wann bekommt man schon die Gelegenheit, im Schneetreiben an der frischen Luft zu sein?«

»Vielleicht solltest du Gummistiefel anziehen. Dann bis heute Abend.« Er drückte ihr einen Kuss auf die Wange.

»Du könntest mich ruhig im Café besuchen«, sagte sie. »Bestimmt kommt Otto wieder und wir könnten ihn gemeinsam wegen der Aluhutträger instruieren.«

»Das mache ich gerne, hängt aber davon ab, wie Kerbl weiter vorgehen will.«

*

Als Höfer in Kerbls Büro ankam, kramte dieser gerade seine Sachen zusammen.

»Tut mir leid, Herr Major«, sagte er. »Im Augenblick können wir nichts gemeinsam machen. Ich muss mich um einen Einbruchsversuch mit Todesfolge kümmern.«

»Einbrüche sind mein Spezialgebiet. Kann ich nicht helfen?«

»Sorry!«, entgegnete Kerbl. »Der Chefinspektor hat ja gesagt, dass Sie unsichtbar bleiben sollen. Die Kollegen würden schön schauen, wenn Sie plötzlich mit mir aufkreuzen. Das kann ich nicht verantworten, Herr Major.«

Zu Höfers Bedauern hatte Kerbl recht. Er wollte es sich mit Plesser nicht verscherzen.

Andererseits war es ganz gut, wenn Kerbl nicht überallhin mitging. Die Spusi hatte das Haus bereits durchsucht, der Abteilungsinspektor informierte ihn darüber, war aber nicht selbst dabei gewesen, was Höfer ein wenig wunderte. Gefunden hatte man nichts, was im Zusammenhang mit dem Mord hätte stehen können, nur altes Gerümpel und eine Menge Aktenordner, im ganzen Haus keinerlei Blutspuren. Höfer misstraute dem Bericht. Es musste etwas zu finden sein. Es war ärgerlich, dass man ihn nicht verständigt hatte und die Spusi-Leute das wahrscheinlich nur routinemäßig durchzogen, wobei er sich eingestehen musste, dass er als »Zivilist« ja keinerlei Berechtigung dazu hatte, dabei zu sein. Er war überzeugt davon, fündig zu werden, auch wenn es nur eine Kleinigkeit war, die ihnen weiterhalf, und wenn Kerbl bei diesem »Einbruch« nicht dabei war, konnte er bedeutend ungenierter handeln, musste sich nicht an polizeiliche Regeln halten.

Bei dem alten Haus angekommen, vergewisserte er sich erst mal, ob der neugierige Nachbar in seinem Garten war. Den brauchte er bei seinem Vorhaben nicht.

Noch lag ein wenig Schnee auf der Grünfläche und er bemerkte Fußspuren, die zum Haus der Gräfin führten. War jemand anderer ebenfalls auf die Idee gekommen, im Haus Nachschau zu halten? Vielleicht der Mörder?

Na, Freund, du wirst Augen machen, wenn ich hineingeplatzt komme, dachte er und freute sich, dass er wenigstens nicht mit dem Einbruchswerkzeug hantieren musste, wenn schon jemand drinnen war.

Als er näher kam, bemerkte er eine zusammengekauerte Gestalt auf den Stufen, die zur Eingangstüre führten. Sie entpuppte sich als junge Frau, die ihn ängstlich anstarrte.

»Was machen denn Sie hier?«, brummte er. »Der richtige Platz, um sich alles, was möglich ist, zu verkühlen. Wer sind Sie und warum gehen Sie nicht ins Haus?«

»Alma!«, sagte sie und schniefte auf. »Ich bin die Zofe der Gräfin.«

»Da schau her, eine Zofe hat sie auch. Weswegen hocken Sie auf den Stufen?«

Die junge Frau stand auf. Sie war sauber gekleidet, für die Jahreszeit wahrscheinlich zu spärlich, ihre blauen Augen blickten ihn fest an und sie schüttelte ihr blondes Haar.

»Wenn die Gräfin nicht da ist, darf niemand in ihr Haus. Wer sind Sie? Hab Sie noch nie hier gesehen.«

Höfer seufzte. Anscheinend wussten die wenigsten Leute vom Tod der Alten. Dabei hatten sie doch mit diesen beiden Aluhutträgern darüber gesprochen. So wie die beiden sich Kerbl und ihm gegenüber verhalten haben, hätte er angenommen, dass bereits die halbe Welt über den Tod der Gräfin Bescheid wusste. Aus welchem Grund verschwiegen sie es? Gehörten sie gar nicht zu der Gruppe der Gräfin, sondern wollten sie eventuell ausspionieren, und wurden dabei von Kerbl und mir gestört? Der Inspektor hatte sich zwar die Ausweise angesehen und alles notiert, aber konnte man mit Sicherheit davon ausgehen, dass die Papiere nicht gefälscht waren? Er musste mit Kerbl darüber reden.

Die junge Frau hatte inzwischen weitergesprochen.

»Eigentlich sollte die Gräfin gleich kommen. Es gibt noch einiges für den nächsten Auftritt vorzubereiten. Ich glaube ja nicht, dass sie mit Ihnen reden wird. Dazu nimmt sie sich sicher keine Zeit. Sie können also getrost gleich wieder gehen. Noch dazu, wo Sie sich sicher nicht angemeldet haben.«

Höfer sah sie perplex an. Mit diesem Selbstbewusstsein der Frau hatte er nicht gerechnet.

»Frau Alma, ich muss Ihnen leider eine traurige Mitteilung machen«, fing er an, doch die Frau unterbrach ihn.

»Ja, ja, alle glauben, mit einem Druck auf die Tränendrüsen könnten sie mehr erreichen. Ich kann Ihnen nur sagen – weit gefehlt!«

Er seufzte und kramte seinen Führerschein aus der Tasche.

»Ich bin von der Polizei und muss Ihnen etwas mitteilen«, sagte er und hielt ihr kurz den Ausweis hin.

»Ah ja, und die weist sich mit einem Führerschein aus. Da kann ich nur lachen.«

Verdammt! Der Trick funktionierte in der letzten Zeit nicht so gut. Die Frau schien intelligent zu sein.

»Hab ihn im Büro vergessen«, brummte er, was ihm einen spöttischen Blick eintrug. Er holte das Foto aus der Sakkotasche. »Kennen Sie die Frau?«

»Die Gräfin!«, rief sie und wurde ein wenig blass. »Woher haben Sie das? Sie schaut eigentlich sehr darauf, nicht abgelichtet zu werden.«

»Es wurde gemacht, als wir sie fanden, im Wald.«

»Im Wald? Ist sie im Spital? Wie geht es ihr? Ich muss sie sofort besuchen. Ohne mir ist sie doch hilflos«, sagte die junge Frau aufgeregt.

»Sie liegt in der Prosektur. Ich glaube nicht, dass sie mit Ihnen reden wird.« Höfer hatte seinen Sarkasmus wieder gefunden.

»Tot?« Die Frau taumelte, er griff nach ihr und hielt sie fest. Tränen rannen über ihr Gesicht, sie schluchzte. »Wer war es denn? Diesem Mistkerl muss ich in die Augen sehen.«

»Das ist unser Problem. Wir haben keine Ahnung. Deswegen wollte ich in ihr Haus. Vielleicht finde ich dort Anhaltspunkte für das Motiv, um dem Täter näher zu kommen.«

Sie schnupfte noch einmal auf.

»Das kann ich mir nicht vorstellen«, sagte sie.

»Aber Sie haben doch nichts dagegen?« Er fingerte sein Werkzeug aus der Tasche.

»Warten Sie!«

Sie lief die Stufen hinunter und blieb bei einem Blumentopf stehen, in dem außer Erde und einigen Brennnesseln nichts zu sehen war. Unter dem Topf lag ein Schlüssel.

»Der ist aber nur für Ausnahmefälle hier«, meinte sie. »Wenn sie nicht daheim war, musste man warten, bis sie kam. Einmal benutzte jemand, ich will nicht sagen, wer, den Schlüssel und wartete drinnen. Das Donnerwetter, das sie veranstaltet hat, war furchterregend. Nun, das bleibt uns jetzt ja erspart.« Sie schien sich einigermaßen gefangen zu haben und lächelte ihn an.

Beim Aufsperren musste sie sich abmühen. Mit Höfers Hilfe gelang es schließlich.

»Eigenartig!«, murmelte sie. »Es ging doch sonst immer ganz leicht.«

»Augenblick! Lassen Sie mich als Erster hineingehen. Nicht, dass uns ein Einbrecher auflauert.«

Höfer machte einige Schritte ins Haus, sah nach rechts, wo sich anscheinend die Küche befand, wie er durch einige schmutzige Töpfe bemerkte, die auf einer Ablagefläche standen.

Er wandte sich nach links, zum Wohnzimmer. Es war wahrscheinlich der falsche Name. Aufenthaltsraum wäre vielleicht besser, windschiefe Regale zierten die Wand, drei Tische und einige Stühle vervollständigten es. Abgesehen von einem Aktenberg am Fußboden.

»Sieht es da immer so aus?«, fragte er die Frau, die stumm den Kopf schüttelte.

»Es muss jemand hier gewesen sein«, sagte sie schließlich und lief zu den Papieren.

»Warten Sie!«, tönte Höfer. Dann hörte er ein Fenster klappern.

»Die Küche!«, rief er und rannte los.

Die Frau folgte ihm und sah, wie er sich aus dem offenen Fenster beugte.

»Verdammt! Ich hätte gleich in die Küche gehen müssen. Es ist niemand zu sehen, kein Wunder bei dieser Wildnis draußen.

Ich gehe doch richtig in meiner Annahme, dass alle Fenster geschlossen sind, wenn die Gräfin nicht im Haus ist?«

»Sie hat es immer genau kontrolliert. Ich glaube, sie hatte Angst, dass sich jemand an ihren Papieren zu schaffen machen könnte.«

»Was kann schon Geheimnisvolles auf diesen Zetteln stehen?«

»Ich habe keine Ahnung.« Sie zuckte mit den Schultern.

»Sie und ich werden es herausfinden, wenn Sie nichts dagegen haben.«

»Mich haben immer schon Adelige und ihre Korrespondenz interessiert«, sagte sie und lächelte ihn an.

»Ich hoffe nur, der Kerl hat nicht schon gefunden, wonach er gesucht hat«, meinte Höfer. »Da halse ich mir ja einen Haufen Arbeit auf«, sagte er und stöhnte gotterbärmlich.

Sie lachte hell auf.

»Gehört das nicht zu Ihrem Beruf?«

»Irgendwie schon, entspricht aber nicht meinem Naturell. Ich bin lieber unterwegs und jage Räuber und Mörder.«

»Das können Sie sicher machen – wenn wir die Akten durchgesehen haben und Sie dann einen Anhaltspunkt haben.«

Die Frau imponierte ihm. Kein Jammern, kein Sich-fallen-Lassen, voll Tatendrang, eine Spur zu finden, die zur Ausforschung des Täters führen könnte.

»Alles klar. Dann arbeiten wir uns durch den Aktenberg. Sie von links, ich von rechts. In der Mitte treffen wir beide uns«, sagte er salopp und hatte ein schlechtes Gewissen, da ihm Uschi einfiel.

*

Es war mühsam. Die Frau musste eine Sammelleidenschaft gehabt haben. Rechnungen, über zwei Jahrzehnte alt, dazugehörige Lieferscheine für Dinge, die sicher nicht mehr existierten.

Außerdem Anmerkungen, dass die Sachen nicht so funktionierten, wie sie sollten. Reklamationen an Firmen, deren abschlägige Antworten, die erneut zu einem Briefwechsel führten.

Langsam wollte Höfer alles hinschmeißen. Weshalb sollte er sich das antun? Das war doch wie die sprichwörtliche Suche nach einer Nadel im Heuhaufen. Stunden verplempern, die anders besser zu nutzen waren. Er blickte zu der Frau, die seelenruhig und konzentriert Seite um Seite umblätterte. Er konnte sich doch nicht blamieren, indem er aufgab. Seufzend griff er nach dem nächsten Ordner.

Er stieß auf eine Anzeige wegen nächtlicher Ruhestörung. Das war schon interessanter. Vor allem die Begründung der Gräfin. Seminare für Hexenschulungen könne man nur in der Nacht machen, schrieb sie. Es sei auszuschließen, dass dabei übermäßiger Lärm verursacht wurde, teilte sie mit, dazu die Einladung an die Referentin, sich selbst davon zu überzeugen.

Hatte ein Nachbar sich so darüber erregt, dass er die Alte umgebracht hat? Namen des Beschwerdestellers fand er nicht, doch der Blick auf das Datum zeigte, dass diese Anzeige schon über zehn Jahre zurücklag. So lange wartet niemand mit Mordgedanken. Er fand einige dieser Vorfälle, der letzte datierte vor fünf Jahren.

»Ich habe etwas«, rief die junge Frau. »Ein Kaufangebot für Grundstück und Haus. Von einem Herrn Hölzner.«

»Kennen Sie den Herrn?«

»Bedaure! Aber es ist fast lustig, was sie ihm zurückschrieb. ›Ich verkaufe erst, wenn ich tot bin, beziehungsweise meine Nachkommen werden das tun. Da ich aber keine Söhne oder Töchter habe, werden Sie das Grundstück nie bekommen.‹ Ja, eine scharfe Zunge hatte sie. Sieh an, das Datum. Es ist erst einige Monate her.«

»Es wäre interessant zu wissen, wer Herr Hölzner ist. Könnte es einer der Nachbarn sein?«

»Tut mir leid, ich kenne die Herrschaften nicht.«

Höfer glaubte, an einem Unterton zu hören, dass sie darin nicht verwickelt werden wollte.

Sie blätterten schweigend weiter, der Aktenstapel schmolz langsam. Die Frau griff nach dem letzten Hefter. Es war eigentlich nur eine dünne Mappe, in der ein Blatt lag.

»Oh, das ist heftig!« Alma sog zischend Luft ein. »Sieht ganz nach einem Drohbrief aus.«

»Lassen Sie sehen!« Höfer kroch zu ihr. Er nahm einen zarten Veilchenduft wahr, als sie dicht nebeneinander saßen. Der Text schien auf einer Schreibmaschine verfasst worden zu sein.

»Gräfin, Hexe oder Außerirdische! All diese Titel, die Sie sich geben, sind nur Erfindungen, die von Ihrer wahren Natur ablenken sollen. Ich habe Sie durchschaut und warne Sie. Es wäre anzuraten, Sie halten es wie die drei berühmten Affen – nichts sehen – nichts hören – nichts reden. Sonst könnte es geschehen, dass Sie im Höllenfeuer braten oder als Wolke im Weltall schweben. Dies ist die erste und gleichzeitig die letzte Warnung.
Mit hoffendem Gruß
Dagobert!«

»Wer zur Hölle ist Dagobert?«, knurrte Höfer.

»Vielleicht Dagobert Duck aus Entenhausen?« Alma lächelte ihn schelmisch an.

»Sollte ich den kennen?«, blaffte er.

»Entschuldigen Sie, das war ein Scherz. Jeder weiß doch, wer die Entenfamilie aus diesen Heftchen ist.«

»Ich nicht! Hab Besseres zu tun«, sagte er und zwang sich ein Lächeln ab. »Datum gibt es auch keines auf diesem Wisch. Es könnte also vor einer Woche oder vor zwanzig Jahren geschrieben worden sein. Das hilft uns auch kaum weiter.«

»Es könnte aber mit ihrem Tod zu tun haben. Wie ist sie denn ermordet worden?«

»Genaueres wissen wir noch nicht. Möglicherweise wurde sie erstochen!« Höfer wollte ihr einerseits die grausigen Details ersparen, er fand aber auch, dass es den Ermittlungen nicht gut tat, wenn zu viele Leute über die Todesursache Bescheid wussten. »Behalten Sie es bitte für sich«, sagte er.

»Mein Mund ist versiegelt.« Sie deutete einen Reißverschluss an.

»Danke!«, sagte er und hoffte, dass dieser Zippverschluss auch hielt. »Ich möchte mich noch ein wenig im Haus umsehen, dafür ist Ihre Hilfe aber nicht mehr nötig. Sie haben sicher noch anderes zu tun. Jedenfalls danke ich Ihnen für diesen außerordentlichen Einsatz. Ohne Sie säße ich wahrscheinlich noch übermorgen da. Eine Frage hätte ich noch. Die Gräfin hat sich also mit Hexerei beschäftigt und in der letzten Zeit mit diesen Aluhutträgern, wie Sie wissen. Können Sie mir etwas über diese Leute sagen? Namen, Adressen, was sie vorhaben?«

»Tut mir leid«, sie schüttelte den Kopf. »Ich war nie an solchen Versammlungen beteiligt. Hexen gibt es ja wirklich, aber Aliens, das war mir einfach zu kindisch.«

Höfer fand es interessant, dass diese Alma zumindest mit einem Bein fest verankert war.

»Ah ja, Ihre Adresse oder Telefonnummer brauche ich, fürs Protokoll und falls ich noch Fragen habe.«

»Ist das eine Anmache?«

»Ich bitte Sie. Ich bin in festen Händen«, protestierte er und notierte sich ihre Nummer.

»Eigentlich schade!«, lachte sie und war zur Tür hinaus.

Höfer empfand das ebenso und schalt sich gleich darauf einen Idioten. Wie konnte er das Uschi nur antun? Allein schon für den Gedanken sollte er Buße tun.

Seufzend durchsuchte er alle Kästchen, Schränke und Schüsseln. Ebenso im Obergeschoß. Danach trieb es ihn in den Keller, wo außer einer Menge Spinnweben nur einige kaputte Geräte herumlagen. Reichtum sah anders aus. Er fand nichts, was auch nur ein wenig Wert hatte. Das Einzige, mit dem er schließlich dastand, waren schmutzige Hände.

In der Küche versuchte er sie ein wenig zu säubern, dann schloss er das Haus ab, deponierte brav den Schlüssel unter dem Blumentopf und ging.

»Ah, Herr Kommissar, haben Sie was gefunden?«

Teufel! Der neugierige Nachbar.

»Wie Sie sehen, schleppe ich mich ausschließlich mit Gold und Juwelen ab, Herr …?«

Der Mann negierte die Frage.

»Sehr witzig. Das hätte ich Ihnen gleich sagen können«, meinte er.

»Nichts, absolut nichts, was uns wirklich weiterhelfen könnte«, sagte Höfer. Mit dem Nachbarn wollte er aber jetzt kein Gespräch führen. »Es tut mir leid, wurde gerade zu einem Einsatz gerufen«, sagte er. »Aber wir werden uns sicher bald wiedersehen.« Er beschleunigte seine Schritte und seufzte erleichtert auf, als er bei seinem Wagen stand. Die Hausnummer muss ich mir merken, damit ich endlich den Namen dieses Herrn erfahre, dachte er und startete sein Gefährt.

Kapitel 7

Kerbls Telefon läutete. Der Tag fängt ja gut an, dachte er. Die Nummer war ihm unbekannt.

»Hallo Wastl!« Das war doch Doktor Pikers Stimme.

»Doktor, du rufst mich an? Das ist ja eine ganz neue Seite von dir.«

»Gezwungenermaßen, wenn du dich nicht neugierig bei mir blicken lässt. Ich habe verblüffende Neuigkeiten bezüglich der Toten. Am Telefon will ich das aber nicht erklären. Fasse dir ein Herz und besuche mich.«

»Muss das sein?«

»Wenn du die endgültige Todesursache wissen willst, schon.«

»Na gut, ich komme«, seufzte Kerbl.

Das abenteuerliche Rennrad stand angekettet vor der Prosektur. Kerbls Hoffnung, dass der Doktor eine Trainingseinheit auf seinem Rad absolvierte, verflüchtigte sich. Er gab sich einen Ruck. Wenn es keine andere Möglichkeit gab, wollte er es wenigstens so schnell als möglich hinter sich bringen.

»Tapfer, tapfer!«, spottete Piker. »Wobei ich gerne wissen würde, was dich an diesem herrlichen Gemäuer stört. Bist du schon einmal hier gelegen und hast dadurch ein Trauma erlitten? Na gut, ich will es gar nicht wissen«, sagte er schnell, als er Kerbls abwehrende Handbewegungen bemerkte. »Was ich dir aber nicht ersparen kann, ist ein Blick auf die Tote.«

»Dann mach schnell, Doktor.« Kerbl rollte genervt die Augen.

Piker zog eine der Schubladen auf, in denen die Toten lagen.

»Sieh genau hin. Was fällt dir auf?«

»Sie ist tot«, meinte Kerbl und verzog seine Mundwinkel. »Wirklich, Doktor, ich kann nichts erkennen.«

»Was, glaubst du, ist das?«, Piker deutete auf eine Stelle unter der Brust.

»Hatte sie da ein Wimmerl, dass sie sich aufgekratzt hat?«

»Eine hervorragende Erklärung.« Piker klatschte in die Hände. »Nicht von der Hand zu weisen. Aber daran wäre sie nicht gestorben. Wenn du dich erinnerst, als du das letzte Mal hier warst, hab ich von einer möglichen Einstichstelle gesprochen, über die ihr ein Mittel gespritzt wurde.« Piker kratzte sich am Kopf. »Hast du eigentlich schon meine neuen Laborgeräte gesehen? Die muss ich dir zeigen.«

»Danke!«, wehrte Kerbl ab. »Aber sag schon, welches Gift wurde ihr gespritzt?«

»Keines!« Piker schüttelte den Kopf. »Ich habe alles Mögliche ausprobiert. Nichts! Sogar einige Wälzer hab ich studiert, die ausgefallene Gifte beschreiben. Wieder nichts. Ich zweifelte an den Instrumenten, an den Geräten, schließlich auch an mir und das soll etwas heißen.« Piker sah Kerbl mit gefurchter Stirn an. Dann trat ein Lächeln in sein Gesicht. »Doch nicht mit mir! Ich löse alle Geheimnisse. Du fragst, wie? Das ist schnell erklärt. Du weißt, wie mir mein Training abgeht. Ich wollte meinen Internisten löchern und bin zu ihm gegangen. Im Wartezimmer saß eine Frau und strickte. Hörst du? Sie strickte! Mir fiel es wie Schuppen von den Augen. Das perfekte Mordwerkzeug.«

Bei diesem Gedankengang kam Kerbl nicht mit.

»Hat man ihr Wolle in den Rachen gestopft, damit sie erstickt, oder hat man ihr die Fäden so lange um den Hals gewickelt, bis sie keine Luft mehr bekam?«

»Die Nadeln, Wastl, die Nadeln! Man braucht sie nur spitz zuschleifen. Dann dringen sie ohne große Kraftanstrengung in den Körper. Die Wunde, von der du meintest, die Frau habe sich ein Wimmerl aufgekratzt, passt genau dazu.«

»Das ist ja pervers! Wer kommt denn auf so eine Idee?«

»Der oder die Mörder. Es ist deine Aufgabe, den Täter zu finden, da kann ich dir nicht helfen. Suche jemanden, der in seiner Freizeit strickt und auf die Alte nicht gut zu sprechen war. Ich denke, des Pudels Kern habe ich geknackt, den Rest musst du alleine erledigen.«

»Jedenfalls vielen Dank, Doktor. Ich glaube, ich werde jetzt einen Strickkurs besuchen.« Kerbl verließ kopfschüttelnd die Pathologie, war aber froh, dass Piker hier wirkte. Wer außer ihm käme schon auf dieses Mordwerkzeug? Höfer würde staunen.

*

Gerti und Heidi arbeiteten im Garten. Der Winter rückte näher, es galt Laub zu rechen, heikle Topfpflanzen in den Keller zu tragen, andere einzuwickeln, damit die Kälte ihnen nichts anhaben konnte. Heidi fand das unnötig, aber Gerti bestand darauf.

»Langsam habe ich genug«, stöhnte Heidi und drückte ihr Rückgrat durch. »Dieses ewige Bücken kann nicht gesund sein.«

»Hab dich nicht so«, sagte Gerti missbilligend. »Immer im Fauteuil zu sitzen, macht dich krank. Hier bist du an der frischen Luft, was für die Gesundheit eindeutig besser ist. Aber gut, machen wir eine kleine Pause. Sag, hast du deinem Polizisten schon erzählt, was wir im Kaffeehaus aufgeschnappt haben?«

»Also, erstens ist er nicht mein Polizist, wenn, dann unserer. Schließlich sind wir beide ihm noch eine Menge Geld schuldig.«

»Na und? Er hat es uns für die Renovierung freiwillig geborgt. Du redest ja immer von dem netten Polizisten, also ist er deiner.«

»Und du servierst ihm immer Kaffee und Kuchen, wenn er sich blicken lässt«, keifte Heidi zurück.

»Also gut, leg meine Worte nicht immer gleich auf die Waagschale. Wie ist es jetzt, hast du ihm schon von diesen Gesprächen erzählt?«

»Wann denn, wenn ich tagelang im Garten Gras auszupfen muss?«

»Ha! Grasauszupfen! Von Gartenarbeit hast du wirklich keine Ahnung, Heidi. Das nennt sich winterfit machen. Der Polizist sollte das, was wir erlauscht haben, doch recht schnell erfahren.« Gerti dachte angestrengt nach. »Da ist doch der Nachbar von unserem Polizisten. Ein netter Mann. Versteht viel von Gartenarbeit. Vielleicht sollten wir bei ihm vorbeigehen und ihn fragen, wann der Polizist am ehesten erreichbar ist.«

»Also den mag ich überhaupt nicht. Er hat mich immer so eigenartig angestarrt, da ist es mir gleich eiskalt über den Rücken geronnen.«

»Du übertreibst, wie immer. Ich finde ihn nett und höflich. Weißt du was? Wir gehen gemeinsam zu ihm hin. Für heute haben wir eh genug gearbeitet. Wir ziehen uns um und machen einen Besuch.«

»In Ordnung«, seufzte Heidi. »Das ist immer noch besser als den ganzen Tag auf den Knien herumrutschen.«

»Guten Tag, die Damen«, hörten sie eine Stimme. Am Gartenzaun stand ein Mann. Anzug, weißes Hemd, Krawatte – Frau Gerti kam er bekannt vor.

»Schön haben Sie es hier. Aber, wenn Sie es mir als Gartenfachmann gestatten, ein wenig spät mit der Einwinterung dran. Bitte verstehen Sie das nicht als Kritik. Entschuldigen Sie, aber wenn ich einen Garten sehe, muss ich mich immer einmischen. Da kann ich nicht anders.«

War das nicht der Nachbar des Polizisten, mit dem sie vor einiger Zeit ausgiebig über Pflanzen, Blumen und anderes diskutiert hat? Frau Gerti glaubte sich zu erinnern. Sein Name fiel ihr aber nicht ein.

»Sie sind sicher mit den Arbeiten längst fertig, Herr …?«

»Gestatten, Nötig! Aber fertig ist man nie. Es gibt immer etwas zu tun.«

»Was führt Sie denn zu uns?«

»Nun ja …«, Nötig wusste nicht, wie er sich ausdrücken sollte. »… mein Nachbar, der Polizist, meinte, ich sollte einmal bei Ihnen vorbeischauen.« Er hustete verlegen.

»Der Polizist?« Gerti lächelte Nötig an. »Das ist schon kurios. Wissen Sie, Herr …?«

»Nötig!«

»Was soll ich sagen, Herr Nötig, wir wollten uns gerade zu Ihnen aufmachen, denn wir haben einige Fragen wegen dieses Polizisten und jetzt stehen Sie an unserem Gartenzaun. Herrlich, wie das Leben spielt. Wissen Sie was? Kommen Sie herein, ich mache uns einen Kaffee und vielleicht ist auch noch eine Mehlspeise vorhanden.«

Nötig grinste in sich hinein. Sein Nachbar hatte recht gehabt mit dem Besuch und die Frau mit den weißgelockten Haaren sah ihn dauernd mit einem eigenartigen Gesichtsausdruck an. Er beglückwünschte sich, seinen Garten einmal verlassen zu haben.

Heidi machte sich sofort in die Küche auf. Sie schüttelte ihre weißen Locken. Der Mann war ihr unheimlich. Wie er sie immer anstarrte. Was konnte er von ihr wollen?

Sie ließ sich Zeit beim Kaffeekochen. Sollte der Mann doch mit Gerti palavern. Sie schien nichts dagegen zu haben.

Im Backrohr befand sich nur mehr ein kleines Stück Kuchen. Für drei Portionen nicht groß genug. Sie entschloss sich, ihm das gesamte Teil zu geben.

Mit klapperndem Tablett ging sie ins Wohnzimmer.

»Stell dir vor, Heidi, Herr Nötig sagt, dass der nette Polizist meist erst spät am Abend mit seiner Freundin nach Hause kommt. Da können wir ihn doch nicht mehr stören«, rief Gerti. »Wie erfährt er jetzt von unseren Ermittlungen, ha?«

»Glaubst du, dass er vielleicht auf der Polizeistation ist? Wir sollten es dort versuchen«, meinte Heidi, war sich aber nicht sicher, ob das eine gute Idee war.

»Bitte, erinnere dich an den letzten Fall. Da war er immer unterwegs. Ich glaube nicht, dass wir ihn dort treffen.«

»Schreiben Sie einen Zettel, dass er sie aufsuchen soll«, machte Nötig den Vorschlag. »Ich nehme ihn mit und hänge ihn an seine Türe.«

»Das würden Sie tun, Herr Nötig?«, rief Gerti. »Sie sind ein Schatz!«

»Ich bitte Sie«, murmelte Nötig verlegen und widmete sich seinem Kuchen.

»Heidi, hol einen Zettel und schreib. Wir wollen doch Herrn Nötig nicht zu lange warten lassen«, kommandierte Gerti.

Der schluckte schnell das letzte Kuchenstück hinunter.

»Frau Heidi, ehe Sie Papier holen, zeigen Sie mir kurz den Garten? Ich kann Ihnen sicher einige gute Tipps geben«, sagte er und wischte sich das letzte Brösel aus dem Mundwinkel.

»Für den Garten ist Gerti zuständig, ich bin da nur Amateur«, meinte sie in frostigem Ton. »Schauen Sie ihn mit ihr an, ich schreibe einstweilen das Zetterl.«

Gerti zeigte sich begeistert, Herr Nötig weniger. Er warf Heidi einen sehnsüchtigen Blick zu und folgte notgedrungen Gerti.

Heidi seufzte erleichtert auf, als die beiden im Garten verschwunden waren. Sie überlegte, was sie dem netten Polizisten schreiben sollte. Nur die Bitte um sein Kommen oder gleich eine ausführliche Beschreibung, was sie gehört haben?Die Türglocke machte sich bemerkbar. Wer war das schon wieder? Konnte man nie in Ruhe seine Gedanken sammeln?

Genervt ging sie zur Türe und öffnete. »Was machen Sie denn hier?« Hatte ihn ein guter Geist geschickt?

»Ich fand, dass es Zeit war, Sie wieder einmal zu besuchen«, sagte Höfer. »Kann ich reinkommen?«

»Bitte!«, sagte Heidi und riss die Türe weit auf. »Stellen Sie sich vor, ich wollte Ihnen gerade einen Zettel schreiben, dass Sie kommen müssen, da wir Ihnen einiges zu erzählen haben.«

»Wie wäre ich denn zu dem Wisch gekommen? Hätten Sie ihn zu einem Papierflieger gefaltet und losgeschickt?«

»Ha, ha! Luftpost!«, lachte Heidi. »Nein! Wir haben Besuch bekommen, von Ihrem Nachbarn. Er hätte ihn mitgenommen und an Ihre Türe gehängt. Ich weiß nicht, was ihm da eingefallen ist, zu uns zu kommen. Irgendwie ist er mir unheimlich, schaut mich immer so eigenartig an.«

»Ich habe ihm geraten, einmal bei Ihnen vorbeizusehen. Ich glaube, er ist in Sie verliebt«, gestand Höfer.

»In mich?« Heidi sah ihn verdattert an. »Na, das kann er vergessen. In meinem Alter brauche ich keinen Mann mehr«, erregte sie sich.

»Ich denke, er fühlt sich einsam. Seine Frau ist vor einiger Zeit gestorben, jetzt lebt er allein und braucht manchmal jemanden zum Reden. Seien Sie ein wenig einfühlsam. Wo ist er denn?«

»Mit Gerti draußen im Garten.«

»Na, dann gehen wir zu ihnen. Kommen Sie!«, bat Höfer.

Gerti und Nötig waren intensiv in ein Gespräch vertieft.

»Das freut mich, dass Sie meinem Rat gefolgt sind«, sagte Höfer heiter.

»Ja, Herr Nachbar, was machen Sie denn da?«, rief Nötig überrascht.

»Das Gleiche wie Sie«, meinte Höfer. »Ich statte den Damen einen Besuch ab. Kenne sie ja schon längere Zeit.«

»Herr Polizist, lassen Sie die beiden weiter fachsimpeln, ich erzähle Ihnen, was wir im Kaffeehaus erfahren haben«, drängte Heidi.

»Sagen Sie nicht immer Herr Polizist zu mir. Nennen Sie mich Major, das genügt«, raunzte Höfer, aber mit einem Lächeln auf den Lippen.

»Oh, Major? Hast du das gehört, Gerti?«, rief Heidi.

»Auch einer der Großkopferten«, murmelte Nötig verdrossen, da man ihn bei seinen Ausführungen gestört hatte.

»Frau Heidi, schießen Sie los, vielleicht kann Frau Gerti dann hinzufügen, was Sie unter Umständen vergessen haben. Herr Nötig wird darüber Stillschweigen bewahren, hab ich recht?«

»Ich will gar nichts hören«, ärgerte sich Nötig.

»Dann ist ja alles in Ordnung«, meinte Höfer. »Also, Frau Heidi?«

Sie erzählte ausführlich, was Gerti und sie aufgeschnappt hatten. Ihre Freundin konnte nichts hinzufügen.

»Interessant!«, sagte Höfer. »Das bringt uns sicher weiter. Ich weiß zwar nicht wohin, aber das kommt sicher noch. Sollten Sie noch irgendetwas erfahren, Sie wissen ja, wo Sie mich finden. Hängen Sie einfach einen Zettel an die Türe. Aber bitte, seien Sie vorsichtig. Ein Mord genügt uns.« Er drehte sich zum Gehen um, da fiel ihm noch etwas ein. »Danke, Herr Nötig, für Ihre Geduld. Jetzt sind wieder Sie an der Reihe.«

Gerti und Heidi flüsterten miteinander.

»Ist doch klar, dass wir weitermachen, findest du nicht? Das ist fast so spannend wie ein Kriminalroman.«

*

Höfer fuhr auf die Inspektion. Er hoffte, dass sich Kerbl wieder ihrem Mord widmen konnte. Am Gang kam ihm Chefinspektor Plesser in die Quere.

»Sieht so dein Unsichtbarbleiben aus? Dauernd sehe ich dich hier herumlaufen«, plusterte er sich auf.

»Ich wollte dich besuchen«, sagte Höfer, nicht ganz der Wahrheit entsprechend. »Freundschaften muss man doch pflegen.«

»Ha, ha! Habe jetzt gerade überhaupt keine Zeit. Am besten, du machst telefonisch einen Termin aus«, blaffte er. Im Weitergehen rief er: »Übrigens, Kerbl ist in seinem Zimmer!«

Das hatte sich Höfer sowieso gedacht. Ohne anzuklopfen, betrat er dessen Büro.

Kerbl ließ rasch seine Beine von der Tischplatte verschwinden.

»Nix mit anklopfen?«

»Vergessen!«, sagte Höfer ohne Scham. »Dafür habe ich einige Neuigkeiten für Sie.«

»Die Gräfin muss schon eine sehr eigenartige Person gewesen sein«, meinte Kerbl, nachdem ihn Höfer auf den neuesten Stand gebracht hat. »Aber bei dem Mord hilft uns das auch nicht weiter.«

»Im Augenblick nicht. Aber wer weiß? Diese Aluhutträger sind mir jedenfalls nicht gleichgültig. Mit denen müssen wir uns auf alle Fälle näher beschäftigen. Ich versuche gerade, jemanden bei ihnen einzuschleusen.«

»Sind Sie wahnsinnig? Wenn diese Leute etwas mit dem Mord zu tun haben, ist die Person in Lebensgefahr.«

»Das glaube ich nicht. Er soll ja nicht spionieren, sondern nur erzählen, wie es dort zugeht.«

»Wen meinen Sie?«

Höfer war sich nicht sicher, ob er den Namen preisgeben sollte. »Otto!«, sagte er dann zögernd.

»Was? Dieser Depp? Hören Sie, wenn dem etwas passiert, müssen Sie das auf Ihre Schultern laden.«

»Bin mir eh noch nicht sicher«, murmelte Höfer.

»Gescheiter wäre es, das nicht zu tun«, sagte Kerbl. »Aber nun zu etwas anderem. Mir geht der Museumsdirektor nicht aus dem Kopf. Ich denke, bei Ihnen ist es der Pfarrer, der in Ihrem Hirn kreist. Wir sollten beide noch einmal befragen. Wir haben ja jetzt ein besseres Foto von der Gräfin. Ich schlage vor, diesmal übernehme ich den Pfarrer und Sie den Direktor, einverstanden?«

Kapitel 8

Kerbl ging die Pfarrgasse hinauf. Er verzichtete bewusst auf das Auto, Bewegung und frische Luft sollten seine wirren Gedanken über Aluhüte und schielende Gräfinnen aus seinem Kopf drängen. Er trat zuerst zu der ehemaligen Wehrmauer und blickte auf Mödling, das sich unter ihm ausbreitete.

Ist doch eine schöne Stadt, dachte er, warum geschehen hier so viele Morde?Ehe er zum Pfarrhaus ging, sah er noch in die Kirche, die ihn jedes Mal beeindruckte.

Niemand hielt Andacht, nur ganz vorne beim Altar bewegte sich eine Gestalt. Leise ging er näher, dann erkannte er den Mann. Der Priester schien etwas vorzubereiten.

»Kann ich Sie kurz sprechen, Herr Pfarrer?«, sagte Kerbl leise.

Der Mann schreckte hoch. Stirnrunzelnd blickte er Kerbl an.

»Jetzt nicht. Kommen Sie in die Abendandacht, danach können wir über Ihre Probleme sprechen. Sie haben doch Schwierigkeiten, nicht?«

»Die habe ich allerdings«, sagte Kerbl und zückte seinen Ausweis. »Leider habe ich nicht so viel Zeit, um Andacht und verschiedene Bittsteller abzuwarten. Ich werde mich bemühen, mich so kurz als möglich zu halten. Es liegt natürlich auch an Ihnen. Je fixer Sie antworten, desto schneller bin ich weg.«

Der Pfarrer verzog verärgert seinen Mund.

Kerbl holte das Foto aus seiner Brusttasche. »Kennen Sie diese Frau?«

Der Pfarrer warf einen flüchtigen Blick auf das Bild. »Nein! Nie gesehen.«

»Sehen Sie es sich genau an und denken Sie nach«, drängte Kerbl.

»Woher soll ich diese Frau denn kennen?«, rief der Pfarrer mit erhöhter Stimme.

»Herr Pfarrer, verschweigen Sie mir nichts. Gottesmänner dürfen nicht lügen. Vielleicht haben Sie eine Gedächtnislücke. Gehen Sie in sich«, drängte Kerbl.

»Nein! Und nochmals nein!«, stammelte der Mann.

»Herr Pfarrer, Sie können mir nicht erzählen, dass Sie nicht alle Ihre Schäfchen kennen.«

»Die Gräfin ist nie in die Kirche gekommen.«

Jetzt hatte sich der Priester verraten. Darüber hinwegsehen konnte er nicht. Das wusste auch sein Gegenüber und er biss sich verärgert auf die Lippen.

»Ich weiß von meinem Vorgänger, dass sie früher oft in die Kirche kam, doch dann geriet sie in die Fänge Satans, beschäftigte sich mit Hexerei und anderen magischen Praktiken. Seitdem ward sie hier nie wieder gesehen. Ich hoffe, der Allmächtige lässt Gnade walten.« Der Geistliche bekreuzigte sich.

»Das wird sie auch nötig haben«, meinte Kerbl trocken. »Sie wurde nämlich ermordet.«

»Die Rache Gottes«, murmelte der Prediger.

»Können Sie mir nichts über die Frau sagen? Sie wissen, was Gott von Lügnern hält«, drängte Kerbl. »Jede Kleinigkeit kann uns näher zu dem Mörder führen.«

»Wie ich schon sagte, solange ich hier bin, kam die Gräfin nicht in die Kirche«, wand sich der Pfarrer. »Hin und wieder bekam ich etwas mit, wenn sich Damen der Pfarrgemeinde unterhielten. Aber das waren nur Gerüchte, die kaum einen Tropfen Wahrheitsgehalt hatten. Ich kann Ihnen nicht weiterhelfen.«

»Auch Gerüchte interessieren mich. Erzählen Sie«, forderte Kerbl ihn auf.

»Ich hörte einmal, wie sich die Frauen darüber erregten, dass die Gräfin als Unverheiratete ein Kind bekam.« Der Prediger seufzte. »Wie gesagt, ein Gerücht. Denn niemand von den Frauen war dabei, keine hat das angebliche Kind gesehen. Dummes Tratschen, mit dem sich die Damen wichtigmachten.«

»Sonst noch etwas?«

»Nein! Nur blöde Rederei über Zauber und Hexen.« Der Mann lachte kurz auf. »Stellen Sie sich vor, eine der Frauen hat behauptet, die Gräfin auf einem Besen fliegen gesehen zu haben. Die Menschen werden wirklich immer dümmer.«

»Das war es auch schon, Herr Pfarrer«, sagte Kerbl und zog eine Visitenkarte aus seiner Tasche. »Wenn Ihnen noch etwas einfällt, oder Sie ein weiteres Gerücht hören, rufen Sie mich bitte an. Grüß Gott!«

»Gott segne Sie!«, rief ihm der Priester nach. »Es würde Ihnen nicht schaden, wenn Sie öfter hier Einkehr hielten.«

*

Höfer hatte es nicht weit von der Inspektion zum Museum. Er hoffte, dass der Direktor anwesend war. Bei so hochtrabenden Titeln wusste man ja nie, ob auch gearbeitet wurde, oder man einer Institution nur vorstand.

Er hatte Glück, der Direktor war zugegen, wie ihm der Pförtner mitteilte.

Ein großer schlanker Mann in einem Trachtenjanker kam ihm entgegen.

»Polizei!«, sagte Höfer und reichte ihm die Hand. »Ein Kollege von mir hat Sie schon einmal besucht. Wir haben aber nichts mehr von Ihnen gehört.«

»Dunkel erinnere ich mich. Ein Mord im Wald, richtig?«

»Genau! Ich weiß zwar nicht, worüber er mit Ihnen gesprochen hat, ich frage mich aber, ob er Ihnen das Bild gezeigt hat.«

»Jetzt weiß ich es wieder, Sie meinen das Muttergottesbild, ja?

Offen gestanden bin ich noch nicht dazugekommen, darüber zu recherchieren.«

»Ich meinte das Bild der Toten. Ob Sie die Frau kennen.«

»Das hat er mit Garantie nicht«, rechtfertigte sich der Direktor.

Höfer schüttelte den Kopf. Er konnte sich aber nicht erinnern, ob das Bild damals schon vorhanden war.

»Das müssen wir nachholen.« Er zog das Foto aus der Tasche.

»Hmm! Dieser eigenartige Kreuzblick. Ich bilde mir ein, so etwas schon in unserem Archiv gesehen zu haben.«

Dass die Gräfin schon zu ihrer Lebenszeit im Archiv des Mödlinger Museums gelandet war, bezweifelte Höfer.

»Können wir es uns ansehen?«, fragte er.

»Wie stellen Sie sich das vor? Wir haben tausende Bilder. Ohne einen Anhaltspunkt wären wir tagelang beschäftigt. Das können Sie vergessen, die Zeit habe ich nicht«, rief der Direktor.

»Die Tote ist angeblich eine Gräfin«, sagte Höfer. »Warten Sie. Ich habe den Namen irgendwo aufgeschrieben.« Er holte sein Notizbuch hervor. »Da haben wir es ja. Die Tote hieß angeblich Annegret von Bortstein.«

»Von Bortstein. Damit kann ich etwas anfangen. Gehen wir in mein Büro.«

Er setzte sich an seinen Computer und gab den Namen ein. Es dauerte ein wenig, dann erschien ein Bild. Ein Frauenkopf in Schwarz-Weiß.

»Ein Kupferstich, frühes neunzehntes Jahrhundert«, sagte der Direktor etwas lehrhaft. »Können Sie die verschlungenen Buchstaben lesen? Aglaia Edle von Bortstein«, deklamierte er.

Höfer war verblüfft. Die Dame schielte genauso wie die Tote.

»Kann es sein, dass dieses Schielen an nächste Generationen weitervererbt wird?«

»Da müssen Sie einen Arzt fragen. Ich bin nur für Jahreszahlen zuständig.«

»Können Sie mir Näheres über diese adelige Familie sagen?«

»Bedaure! Dann wäre ich ja so etwas wie ein wandelnder Computer.« Er lachte auf und musste husten. »Entschuldigen Sie, stört es, wenn ich rauche?«

Er zündete eine Zigarette an und nahm einen tiefen Zug. Der Husten war weg.

»Ah, mir fällt ein, wir haben einen Doktoranden, der uns immer aushilft. Der wollte, soweit ich mich erinnere, adelige Familien in Mödling heraussuchen. Schließlich haben wir die Burg Mödling, die Babenberger residierten hier und in Maria Enzersdorf gibt es ebenfalls Burg und Schloss der Liechtensteiner. Ich glaube aber nicht, dass er viel gefunden hat. Adelige sind hier spärlich gesät. Warten Sie!«

Der Direktor telefonierte mit dem Pförtner.

»Weißt du, ob der Pepi da ist? Ah ja, danke!« Er dämpfte die Zigarette aus und lächelte Höfer an. »Sie haben Glück, er ist im Keller. Na, dann werden wir ihn besuchen. Haben Sie eine Corona-Maske mit?«

Höfer schüttelte verständnislos den Kopf.

»Nicht, dass Sie glauben, bei uns schwirren Bazillen herum. Dafür gibt es leider viel Staub. Mit einer Maske ist der leichter zu ertragen.« Er begann wieder zu husten.

Sie gingen die Treppe hinunter und gelangten in einen großen Saal, angefüllt mit Stellagen.

»Pepi?«, rief der Direktor und im Hintergrund tauchte eine Gestalt im Overall auf.

»Ja, Herr Direktor?«

Dieser erklärte ihm den Wunsch Höfers.

»Da muss ich weit ausholen«, sagte Josef Kraus, der Doktorand.

»Müssen Sie nicht.« Höfer war auf stundenlange Vorträge nicht neugierig. »Mich interessiert nur, ob Sie etwas über die Gräfin Annegret von Bortstein wissen.«

»Die arme Alte, die in einem halb verfallenen Haus lebt? Offen gestanden kann ich über sie nichts erzählen, zumindest nichts, was einer wissenschaftlichen Prüfung standhält.«

»Redereien, Klatschgeschichten, irgendetwas?«

»Wäre nicht Mödling, gäbe es die nicht. Warum fragen Sie?«

»Ich habe sie tot aufgefunden, im Wald, knieend vor einer Föhre, an der ein Heiligenbild hängt. Sie wurde ermordet.«

»Schrecklich! Obwohl sie eine unangenehme Person war, das hat sie nicht verdient. Aber warten Sie – Sie sagten Heiligenbild im Wald? Ist es die Muttergottes?«

Höfer bejahte.

»Das hat auf jeden Fall mit der Familie Bortstein zu tun. Es muss der Urgroßvater gewesen sein, der es angebracht hat. Er war passionierter Jäger und genau an dieser Stelle, wo jetzt das Bild hängt, hat er ein Wildschwein geschossen. Die Rotte stob auseinander, aber er schien die Sau nicht richtig getroffen zu haben, zu viel Zielwasser getrunken wahrscheinlich, wenn Sie verstehen, was ich meine. Das verwundete Tier ist im Wald verschwunden. Er und sein Begleiter gingen der Bache nach und wurden plötzlich von dem Rudel attackiert. Eine höchst gefährliche Sache, was man so hört. Damals schwor der Graf, sollte er lebendig davonkommen, würde er zur Erinnerung ein Muttergottesbild im Wald aufhängen. Er blieb heil, sein Begleiter aber wurde durch die Hauer der Keiler so schwer verletzt, dass er kurz darauf starb. Das ist jetzt meine Interpretation dieser Geschichte, denn in den Aufzeichnungen finden sich nur wenige Sätze darüber.«

»Kein Name des Begleiters?«, fragte Höfer interessiert.

»Nichts! Der liegt im Dunkeln. Ein Nachfahre könnten also Sie, ich oder der Direktor sein«, lachte Kraus.

»Ich? Wie kommen Sie denn auf mich, Kraus?«, rief der Direktor erregt.

»Das war doch ein Scherz, Herr Direktor«, versuchte Kraus abzulenken.

Höfer erinnerte sich an die Worte Kerbls, der vermutete, dass der Museumsleiter mehr wusste, als er preisgab. Man sollte den Mann im Auge behalten. Zumindest kannte er jetzt den Hintergrund, weshalb das Bild im Wald hing. Ob der Tod der Gräfin damit im Zusammenhang stand, mussten er und Kerbl ermitteln. Es war eine Möglichkeit, aber nicht die einzige. Er bedankte sich bei den Herren und kehrte in die Inspektion zurück.

*

Kerbls Büro sah viel kleiner aus, als er eintrat.

Der Schreibtisch des Abteilungsinspektors war, abgesehen von einem Haufen Akten, jedenfalls leer. Dafür stand an der rechten Seite noch ein Schreibtisch. Hatten Kerbl oder Plesser das veranlasst, damit er sich nicht ausgeschlossen fühlte?

»Ich brauche doch keinen Tisch, da hätte ich gleich in Wien und in Amt und Würden bleiben können«, grummelte er.

Die Türe wurde geöffnet und herein kam ein junger Mann, der überrascht stehen blieb.

»Inspektor Kerbl ist nicht da«, stotterte er.

»Das sehe ich!« Höfer erkannte jetzt den Mann. Es war Kerbls Begleiter, der sich bei der Mordermittlung im Wald übergeben musste. Wie hieß er? Dunkel erinnerte er sich, Rothe oder so ähnlich.

»Und was machen Sie in Kerbls Zimmer?«, blaffte Höfer.

»Ich bin ihm doch dienstzugeteilt«, rechtfertigte sich Rothe. »Der Chefinspektor meinte, der Abteilungsinspektor sollte mich mehr in seine Ermittlungen einbinden, vor allem, weil ich die Beförderung zum Revierinspektor anpeile.«

Das wird Kerbl wahnsinnig freuen, war Höfer überzeugt. Er hoffte nur, dass dadurch ihre Ermittlungen nicht negativ beeinflusst wurden.

»Was machen Sie hier, Herr Major?«

Das ging ihn doch nichts an. Höfer hatte keine Ahnung, ob Rothe über seine inoffizielle Mitarbeit bei Kerbl informiert war.

»Ich wollte mich nur erkundigen, ob es Fortschritte gibt. Hab schließlich die Tote gefunden. Da ist man natürlich neugierig.«

Es klang etwas lahm.

»Ich weiß doch, dass Sie mitmischen, Herr Major.« Rothe lächelte süffisant.

Er wusste es? Wahrscheinlich war der ganze Posten darüber informiert, bis hinauf zu Chefinspektor Plesser. Nur offiziell hatte keiner eine Ahnung. Gut, damit konnte er leben.

Im selben Augenblick stolzierte Kerbl in sein Büro.

»Auch schon da? Der Museumsdirektor war nicht sehr ergiebig, oder?« Er beachtete Rothe gar nicht.

»Das möchte ich nicht sagen. Ich weiß jetzt, weshalb das Bild an der Föhre hängt.«

»Geht es noch ein wenig geheimnisvoller?«

»Wildschweinjagd.« Höfer erzählte in kurzen Zügen, was der Doktorand herausgefunden hatte.

»Ah, es könnte also ein Rachemotiv dahinterstecken, obwohl dieser Fall doch schon Jahrzehnte oder noch länger zurückliegt. Rothe, notieren Sie sich das«, befahl Kerbl. »Aber weshalb dann diese Schlachterei? Augen weg, Zunge und Ohren ebenso. Das hat doch mit Wildschweinjagd nichts zu tun.«

»Tja, darüber mache ich mir ebenfalls Gedanken. Wir müssen einfach viel mehr über die Gräfin herausbekommen. Vielleicht hat das Eine nichts mit dem anderen zu tun. Sagen Sie, wie hat sich denn der Pfarrer verhalten?«

»Wahnsinnig kooperativ. Er weiß von nichts. Zum Schluss ist er dann doch mit einem Gerücht herausgerückt. Angeblich hat die Gräfin ein Kind bekommen und es gleich weggegeben.«

»Das könnte doch ein Mordgrund sein. Frau kommt darauf, dass sie eigentlich eine Gräfin ist und ermordet die Mutter, die sie verstoßen hat.« Höfer sah Kerbl zweifelnd an. »Obwohl ich mir das nicht vorstellen kann. Die Dame müssen wir finden.«

»Auf alle Fälle.« Kerbl wandte sich an Rothe. »Das ist Ihre Aufgabe. Internet und so weiter, das liegt doch genau auf Ihrer Linie.«

»Jawohl, Herr Abteilungsinspektor. Ich mache mich gleich dran.« Er ließ seinen Blick schweifen. »Dazu brauche ich aber einen Computer. Können Sie den Chefinspektor bitten, dass er mir einen zukommen lässt?«

»Na klar, immer ich«, murmelte Kerbl seufzend.

*

Da Höfer offiziell nicht auf der Inspektion war, er auch keine Lust auf nervtötende Suche am Computer hatte, ging er zu Uschi ins Café. Er rechnete fest damit, dass Otto ebenfalls dort in einer Ecke saß.

»Hallo Uschi«, rief er. »Machst du mir bitte einen großen Kaffee?« Dann sah er sich um. Die Anzahl der Gäste konnte man als eher spärlich bezeichnen. Auch Otto schien nicht da zu sein.

»Was ist denn los mit den Leuten? Wieso kommt niemand auf einen Kaffee?«

»Ein neues Rätsel der Menschheit!« Uschi zuckte die Schultern. »Sogar Otto ist gegangen. Es gäbe eine Versammlung der Aluhutträger, da müsse er dabei sein, denn sie hätten neue Erkenntnisse zu verkünden. Bin gespannt, was er nachher zu erzählen hat.«

»Verdammt! Weshalb sagt er denn nichts? Ich hätte ihn begleiten sollen.« Höfer hieb mit der Hand auf die Theke.

»Es ist schon gut, dass du da bist. Stell dir vor, ein Alien kommt bei der Türe herein und bedrängt mich, wenn ein kräftiger Mann zur Stelle ist, traut er sich vielleicht nicht.«

»Sag, spinnst du auch schon? Was soll denn der Quatsch?«

»Ein Scherz! Wollte dich ein wenig aufheitern. Kommt ihr bei den Ermittlungen nicht weiter?«

Er erzählte ihr, was sie beim Pfarrer und im Museum erfahren hatten.

»Ein weggegebenes Kind? Könnte es nicht sein, dass es, als es erfuhr, wer die tatsächliche Mutter ist, sie aus Rache ermordet hat? Du warst doch mit einer jungen Frau im Haus der Hexe, ihre Zofe, wie sie sagte. Könnte sie nicht die Tochter sein?«

»Nein. Sie hat nicht geschielt.« Mit einem Mal war er sich aber nicht so sicher. War da nicht doch ein verdächtiges Glitzern in ihren Augen gewesen? Er konnte sich nicht erinnern, ob er sie je direkt angesehen hatte. Sie hatten ja hauptsächlich die Aktenmappen durchstöbert. Zum Glück kannte er ihre Telefonnummer. Er würde sie anrufen und ein Treffen ausmachen. Dann fiel ihm der Drohbrief von diesem »Dagobert« ein und das Kaufangebot dieses Hölzner. Diese Personen mussten ebenfalls noch eruiert werden und Kerbl hat doch die Adressen der beiden Aluhutträger aufgeschrieben. Ob er schon etwas unternommen hatte?

Höfer musste schmunzeln. Da bekam Rothe einen Haufen Arbeit, die ihn sicher tagelang beschäftigte und sie hatten von ihm Ruhe. Nur diese Alma behielt er sich selbst vor.

*

Bei Uschi wollte er nicht mit der Frau telefonieren, er kannte schließlich ihre manchmal überbordende Eifersucht. Sich das freiwillig anzutun, fand er masochistisch. Darauf konnte er verzichten. Er blieb noch ein wenig sitzen, plauderte mit ihr über das Anhängsel, das er und Kerbl bekommen hatten, über Rothe, und seinen Verdacht, dass Plesser diesen Mann einsetzte, um sie ein wenig zu überwachen.

»Ich bitte dich, Plesser ist doch dein Freund, hast du mir einmal erzählt. Warum sollte er so etwas tun?«, meinte sie.

»Ich glaube, er fürchtet, dass ich zu viel Unruhe in seine polizeilichen Aktivitäten bringe. Ich habe mich um diesen Kram nie gekümmert, als ich noch im Dienst war und das weiß er auch. Aus seiner Sicht ist es auch verständlich, aber ich werde mich einen Teufel darum scheren, das sage ich dir.«

»Damit vergrämst du aber deinen letzten Freund.«

»Ach was. Wird sich schon wieder einrenken. Schließlich zählt auch bei der Polizei letztlich der Erfolg und den werde ich ihnen schon servieren.« Das hoffte er zumindest. »So! Dann gehe ich wieder. Muss doch Kerbl und Rothe ein wenig unter die Arme greifen.«

In diesem Augenblick betrat Otto das Lokal. Neben dem bekannten folienumrahmten Hut trug er aber auch eine Corona-Maske, an seinem Handgelenk baumelten zwei weitere. Höfer traute seinen Augen nicht, die Masken glänzten silbrig. Uschi winkte ihm, bei ihnen Platz zu nehmen, doch Otto steuerte stur seinen Platz in der Ecke an.

»Gibt es schon wieder Maskenpflicht, ohne dass wir davon wissen?«, fragte Höfer erstaunt.

Uschi zuckte die Schultern und ließ ein Bier für Otto aus dem Zapfhahn fließen. Jetzt konnte Höfer nicht gehen. Zu sehr interessierte ihn, was Otto Uschi erzählte, die ihm immer wieder besänftigend über die Schulter strich.

Nach einigen Minuten kam sie zur Theke zurück, in der Hand trug sie zwei silberne Masken.

»Gegen diese Aluhutträger muss etwas unternommen werden, Pauli«, sagte sie zornig.

»Kaum möglich!«, meinte er. »Jeder hat das Recht auf freie Meinungsäußerung. Solange sie nicht zur Revolution aufrufen, oder gegen Politiker und andere Großkopferte handgreiflich werden, hat die Polizei keine Möglichkeit, dagegen vorzugehen. So ist das nun einmal.«

»Ja, aber …«, regte sich Uschi auf.

»Was hat Otto denn erzählt?«, unterbrach sie Höfer.

»Ich mache dir ein Bier, du wirst es nötig haben«, meinte Uschi und ging zur Schank.

»Stell dir vor, die schwatzen Menschen Märchen auf und scheffeln Kohle, indem sie Masken verkaufen.«

»Damit werden sie sicher nicht reich. Jeder vernünftige Mensch kauft sie die doch im Supermarkt, der Apotheke oder übers Internet.«

»Ja, aber das sind ganz spezielle Masken, die man nur bei ihnen bekommt.«

»Das musst du mir näher erklären, Uschi«, bat Höfer.

»Also, es geht wieder einmal um die Aliens. Die haben winzige Chips in der Luft verstreut, überall, und wenn du eines einatmest, bist du in ihrer Gewalt. Dagegen kannst du dich nicht wehren. Nun hat ein Wissenschaftler, natürlich Aluhutträger, ein Gegenmittel gefunden – diese Masken. Um die Welt zu retten, bietet man sie den Leuten an, um wohlfeile zwanzig Euro pro Stück. Das decke kaum die Entstehungskosten, behaupten sie. Sie hätten auch dreißig oder vierzig Euro verlangen können, aber sie seien eben menschenfreundlich und verzichten auf einen Gewinn. Der liebe Otto, er hat also für mich und dich auch eine Maske gekauft. Er will nicht, dass wir Roboter werden. Ist doch lieb von ihm, nicht? Wir müssen ihm das Geld zurückgeben, er hat doch kaum eines.«

»Natürlich, meine Liebe. Aber ich kann mir nicht vorstellen, dass jemand so etwas Idiotisches glaubt«, polterte Höfer.

»Laut Otto wurden sie den Aluhutträgern aus den Händen gerissen.«

»Die Menschheit wird wirklich immer blöder. Da ist es direkt gut, dass die Aliens die Welt übernehmen. Wer weiß, was sonst unseren Trotteln noch alles eingefallen wäre«, spottete Höfer.

»Nun, wir sind jedenfalls davor gefeit«, lachte Uschi und hielt sich die Maske vors Gesicht.

Kapitel 9

Höfer machte sich auf den Weg zur Inspektion. Er wollte mit Kerbl den offensichtlichen Betrug der Aluhutträger mit den Masken besprechen.

Dann fiel ihm Frau Alma ein. Mit der sollte er ebenfalls telefonieren, am besten gleich, vielleicht wusste sie doch etwas über die Verbindung der Gräfin mit diesen Herren.

Er zog sein Handy hervor und suchte die Nummer. Es dauerte, ehe jemand abhob.

»Mayer?«, sagte eine männliche Stimme.

»Major Höfer! Ich möchte bitte Frau Alma sprechen.«

»Wen?«

»Frau Alma! A wie Apfel, L wie Lama, …«

»Ich verstehe schon, Alma!«, unterbrach ihn die Stimme. »Wer soll das sein?«

»Hören Sie, ich bin Major Höfer von der Polizei«, erregte sich Höfer. »Mir ist gleichgültig, ob es Ihre Tochter oder Gattin ist, auf jeden Fall muss ich sie sofort sprechen.«

»Sie müssen sich verwählt haben, lieber Herr, hier lebt keine Alma, das wäre mir doch aufgefallen.«

»Jung, blondes Haar, …« Der Mann hatte aufgelegt. Höfer hörte nur mehr das Freizeichen.

Verärgert knirschte er mit den Zähnen. Sollte er gleich nochmals anrufen und den Mann darauf hinweisen, dass er eine Mordermittlung behindere, was ihm eine Strafe einbringen könnte, oder hatte ihm Alma, bewusst oder unbewusst, eine falsche Nummer gegeben?

Das hieße letztendlich, dass sie möglicherweise an dem Mord in irgendeiner Form beteiligt war, oder beim Durchsuchen der Akten ein Beweismittel verschwinden ließ und ihn auf eine falsche Spur lockte. Er konnte es sich zwar nicht vorstellen, dachte, genug Menschenkenntnis zu besitzen, um jemanden einzuschätzen, aber für alles gab es ein erstes Mal.

Vielleicht konnte Rothe über die Telefonnummer dieses Herrn Mayer die Adresse herausfinden. Dann konnte er nachsehen, ob nicht auch dieser Mann etwas zu verbergen hatte.

Er legte die letzten Meter zur Inspektion zurück, gespannt, ob Kerbl bereits zu neuen Erkenntnissen gekommen war.

Rothe hatte tatsächlich schon einen Computer bekommen und tippte eifrig auf der Tastatur herum.

Kerbl hingegen saß mit aufgestützten Ellbogen an seinem Tisch und kratzte in seinen Haaren.

»Na, zumindest ein fleißiger Mann in diesem Raum«, grüßte Höfer beim Eintreten.

»Das sagt einer, der lieber spazieren geht«, antwortete Kerbl.

»Ha, ich war auf einen anständigen Kaffee, den hier kann man ja nicht trinken, der ist das reinste Abwaschwasser«, protestierte Höfer. »Dabei habe ich aber auch viel Neues erfahren. Besser als hier sitzen und aus Langeweile Däumchen drehen.«

»Hat der Mörder ein Geständnis abgelegt?«, ätzte Kerbl.

»Noch nicht! Ich bin aber überzeugt, die Aluhutträger sind darin verwickelt.«

Höfer erzählte, was er von Otto erfahren hatte.»Kann man diese Kerle nicht wegen Betrugs dranbekommen?«

Kerbl runzelte die Stirn und sah Rothe an.

»Kaum!«, meinte dieser. »Die Leute werden ja nicht gezwungen, die Masken zu kaufen, die machen das freiwillig. Vorspiegelung falscher Tatsachen kann man ebenso wenig behaupten, denn es gibt keine wissenschaftliche These, dass es keine Außerirdischen gibt. Weltweit wird doch nach ihnen gesucht.«

»Übrigens, die zwei Hutträger, die wir bei der Gräfin getroffen haben, habe ich überprüft. Der eine, Herr Moratz, ist ein angesehener Stoffhändler in Mödling, der andere, ein gewisser Pafill, behauptet, dass er Schriftsteller sei. Jetzt raten Sie, Herr Major, in welchem Genre er schreibt.«

»Was weiß denn ich? Liebesromane? Abenteuergeschichten?«

»Fast getroffen! Er denkt sich Science-Fiction-Bücher aus. Mir sagt das ja nichts, aber Rothe schwärmt von diesen Romanen.«

»Es sind oft wirklich tolle Geschichten«, sagte Rothe schwärmerisch. »Aber von dem Herrn habe ich noch nichts gehört. Hab sogar meinen Buchhändler angerufen, der findet in seinem Computer nichts von dem Mann. Schreibt wahrscheinlich für die Schublade.«

»Und jetzt sah er die Möglichkeit, seine Wahnideen an die Öffentlichkeit zu bringen. Verunsichert, wie die Menschen durch das Virus sind, glauben sie jeden Blödsinn und er kann damit Geld machen. Er brauchte nur einige nützliche Idioten, die ihm dabei helfen. Dagegen kann man nichts unternehmen?« Höfer sah das nicht ein.

»Höchstens wir überführen sie, den Mord an der Gräfin begangen zu haben. Sonst nicht.«

»Verdammt!« Höfer hieb mit der Faust in seine rechte Handfläche. »Dabei haben sie damals im Garten doch so überrascht und ängstlich getan, als wir sie über den Tod der Gräfin informierten. War das gespielt? Da können sie im Burgtheater auftreten.«

»Was weiß man schon.« Kerbl zuckte die Schultern. »Im Auge behalten müssen wir sie jedenfalls.«

»Noch etwas«, rief Höfer. »Diese Alma …«

»Augenblick!«, unterbrach ihn Kerbl. »Wer ist bitte schön Alma? Sie bringen Personen ins Spiel, von denen ich nichts weiß. Ist sie eine neue Verdächtige?«

»Habe ich Ihnen das nicht erzählt?« Höfer zeigte sich zerknirscht. Er berichtete ihm, dass er sich selbst vergewissern wollte, da er dem Bericht der Spusi nicht ganz traute. Beim Haus traf er dann diese Alma.

»Sie ist angeblich die Zofe der Gräfin und gab mir, als wir gemeinsam diese Papierstapel, die Akten durchstöberten, ihre Telefonnummer.«

»Es ist ja reizend, dass Sie mich darüber informieren, Herr Major. Haben Sie wenigstens etwas gefunden?«, regte sich Kerbl auf.

»Ja! Einige interessante Papiere. Aber was noch wichtiger ist – als wir ins Haus gingen, war jemand drinnen. Leider ist mir der Kerl entwischt, durchs Fenster. Keine Ahnung, wer das war.«

»Na bravo! Und die Papiere? Im Akt sind sie jedenfalls nicht.«

»Hab ich zu Hause vergessen«, murmelte Höfer.

»Prima! Ich frage mich, wie Sie die Dienststelle in Wien geführt haben. Nein! Ich will es gar nicht wissen.« Kerbl war sehr zornig.

»Lassen wir das einmal. Ich bringe die Papiere morgen mit«, winkte Höfer ab. »Um nochmals auf diese Alma zurückzukommen. Heute wollte ich sie anrufen, ein Mann meldete sich und erklärte mir, dass er keine Alma kenne. Jetzt frage ich mich, ist die Nummer falsch, lässt sie sich verleugnen oder heißt sie anders? Rothe, kann man über die Nummer die Adresse herausfinden?«

»Ich werde es versuchen. Aber heute nicht mehr, meine Augen sind schon rechteckig.«

*

Höfer wollte noch nicht nach Hause gehen. Auf einen Spaziergang durch die Fußgängerzone hatte er aber auch keine Lust. Er entschied sich, Uschi noch einen Besuch abzustatten. Als er beim Blumenhändler vorbei ging, blieb er abrupt stehen. Blumen – er würde ihr einige Rosen mitbringen. Er hatte sie in letzter Zeit ohnehin nicht sehr verwöhnt und wie man allgemein hörte, sollen Frauen ganz wild auf solche Sträuße sein.

Im Café saßen nach wie vor kaum Gäste. Sogar Otto war schon wieder gegangen.

»Für dich, Uschi«, sagte er, versuchte das Einwickelpapier abzureißen und hielt ihr die fünf Rosen hin. Er sah ihre Augen überrascht aufblitzen, doch dann verdüsterte sich ihre Miene.

»Was hast du denn wieder angestellt, dass du mir auf einmal Blumen schenkst?«

»Gar nichts, Uschi«, sagte er verdattert. »Ich habe ein unwiderlegbares Alibi. Ich war bei Kerbl und seinem Assistenten. Kannst sie jederzeit fragen. Ich wollte dir einfach eine Freude machen.«

»Wirklich, Pauli? Das ist aber lieb von dir.« Ihre Stimmung hatte sich wieder um hundertachtzig Grad gedreht. Sie drückte ihm einen Kuss auf seine Wange.

»Sieh dir das an«, seufzte sie dann und deutete in den Raum. »Wenn das so weitergeht mit den Gästen, kann ich bald zusperren. Das rechnet sich doch nicht mehr.«

»Das wird schon wieder, Uschi. Die Leute haben im Augenblick eben andere Sorgen …« Er stockte, dann zog ein Grinsen über sein Gesicht. »Vielleicht sollten wir die Aluhutträger überreden, bei dir ihr Hauptquartier aufzuschlagen. Dann hättest du genügend Gäste.«

*

Daheim angekommen verschwand Uschi gleich in der Küche. Höfer saß nachdenklich im Wohnzimmer. Er hatte das Glitzern in ihren Augen gesehen, als er ihr die Blumen brachte. Wäre es nicht doch gut, ihre Beziehung zu vertiefen? Er konnte sich noch genau erinnern, wie sie reagierte, als er von Heirat sprach, obwohl es für ihn eigentlich nur eine Ausrede war. Seufzend spürte er, dass dies nicht ganz stimmte. Er sollte sich das ernsthaft überlegen. Er würde es tun. Um ihre Hand anhalten. Aber nicht gleich. Zuerst musste dieser Mord aufgeklärt werden.

Mit einem Tablett beladen erschien sie im Zimmer.

»Bitte nicht denken, lieber essen«, rief sie fröhlich und Höfer schreckte auf.

»Was gibt es denn Gutes?«

»Leichte Kost. Viel Salat und einige Brote«, sagte sie. Das war so gar nicht nach seinem Geschmack und das sah sie ihm auch sofort an. »Du hast so schwer mit diesem Fall zu kämpfen, da darfst du nicht auch noch deinen Magen belasten. Du wirst sehen, nach dem Essen fühlst du dich wie ausgewechselt.«

Er meinte, danach höchstens Hunger zu spüren und nahm sich seufzend ein Brot. Das konnte auch nicht sättigen, nur eine hauchdünne Scheibe Schinken lag darauf.

»Dann brauche ich zumindest ein Bier dazu«, meinte er und ging zum Kühlschrank.

»Zitronenwasser wäre besser«, rief sie ihm nach.

Anschließend saßen sie gemeinsam auf der Couch, Höfer genehmigte sich noch ein Bier.

»Worüber denkst du nach?«, fragte Uschi.

»Ich mache mir Gedanken über die Gräfin«, sagte er. »Ich war jetzt zweimal bei ihrem Haus, einmal sogar drinnen, habe aber nichts Privates über sie gefunden. Irgendwo muss sie doch geheime Unterlagen versteckt haben.«

»Hast du in der Keksdose nachgesehen?«

»Wie kommst du auf diese Idee?«

»Alte Frauen verstecken ihre wichtigen Sachen immer in der Keksdose«, stellte Uschi fest.

Das war ein völlig neuer Aspekt. Soweit er sich erinnern konnte, standen in keinem Raum irgendwelche Dosen herum, außer in den Küchenkästen, denen hatte er aber kaum Bedeutung zugemessen.

»Danke, Uschi, du bist ein Schatz«, rief er und gab ihr einen Kuss.

Der dauerte etwas länger, dann murmelte sie: »Komm, gehen wir zu Bett, es ist Schlafenszeit.«

*

Die Keksdose ging Höfer nicht aus dem Kopf. In den Akten hatten sie doch einiges gefunden. Gab es noch anderes?

Er beschloss, gleich morgen nochmals zum Haus der Gräfin zu fahren und alles Blech zu untersuchen, das er fand. Außer Konservendosen, sagte er sich selbst und fiel beruhigt in einen tiefen Schlaf.

Als er erwachte, drückte ihn immer noch das Gefühl des Traumes, in dem die Gräfin lachend Dosen auf ihn leerte, bis er mit Mehl, Zucker, Nudeln und Reis fast bedeckt war und kaum noch Luft bekam. Aus der letzten Dose, die sie beutelte, kam nichts heraus. Doch sie schüttelte kreischend weiter und der Berg rund um ihn wuchs und wuchs, bis über seine Augen.

Er strich sich mit den Händen über das Gesicht. Was hatte das zu bedeuten? Eine Botschaft aus dem Jenseits?

Aus dem Bett springend schüttelte er den Kopf. So ein Schwachsinn. Als ob er deswegen an Geister glauben würde. Er führte diesen sonderbaren Traum auf das ungewohnte Abendessen zurück. Viel zu viel Grünzeug. Davon konnte man schon Albträume bekommen.

Uschi stand in der Küche, die Kaffeemaschine sprudelte, sie richtete einige Brote her.

»Na, mein Lieber, du musst ja einen tollen Traum gehabt haben. Ich wollte dich aus dem nicht rausreißen. Du hast immer ›Gräfin, Gräfin‹ gemurmelt und dich wild herumgeworfen. War es die Tote aus dem Wald?«

Höfer erzählte ihr von seinem Albtraum.

»Eindeutig ein Wink von höheren Mächten«, sagte Uschi. »Du musst alles genau untersuchen, alles ausleeren, obwohl das Lebensmittelverschwendung ist. Es kann auch im Zucker oder unter dem Mehl etwas versteckt sein. Am liebsten würde ich mitkommen und dir helfen, aber leider, das Café ruft.«

*

Höfer fuhr direkt zum Haus der Gräfin. Er ersparte sich den Weg zur Inspektion. Kerbl und Rothe hatten sicher genug zu tun und er wollte sie mit seinen Funden überraschen, damit sie wussten, was sie an ihm hatten.

Gezielt steuerte er den Blumentopf am Fuße der Treppe an und hob ihn hoch. Der Schlüssel lag nicht da. Hatte er vergessen, dass er ihn eingesteckt hat? Fieberhaft durchsuchte er seine Taschen, den Schlüssel fand er nicht. War ihm jemand zuvorgekommen? Vielleicht der Mörder? Möglich auch, dass diese Alma, oder wie immer sie hieß, nach Wertsachen der Gräfin stöberte. Nun, er würde es gleich sehen. Er holte sein Besteck aus der Tasche und machte sich an der Eingangstüre zu schaffen. Etwas schien zu klemmen, er konnte die Sperre nicht überwinden. Als er zufällig die Klinke berührte, schwang die Türe auf. Das begann ja heiter. Hatte sich wieder jemand Einlass verschafft?

Höfer war gespannt, was ihn im Inneren erwartete. Im Wohnzimmer herrschte Chaos. Die Akten, die er und Alma durchgesehen hatten, lagen im ganzen Raum verstreut. Er war froh, dass er die wichtigsten Papiere damals mitgenommen hatte.

Rasch marschierte er in die Küche und atmete auf, als sich anscheinend niemand an den Dosen zu schaffen gemacht hatte. Zumindest sah er keine Spuren von Mehl oder Zucker auf der Arbeitsplatte.

»Nun, dann wollen wir einmal«, sprach er sich selbst Mut zu.

Eine Schweinerei wollte er aber dann doch nicht veranstalten und so holte er aus dem Wohnzimmer einige größere Papierstücke, die er auf der Platte ausbreitete.

Er musste husten, als er das Mehl viel zu schnell ausschüttete. Nichts, absolut nichts, auch in den anderen Dosen war nur der Inhalt, der außen angeschrieben war. Er hätte es sich ja denken können, Uschi hatte ihm da einen Floh ins Ohr gesetzt. Weitermachen würde er trotzdem. Er musste gründlich sein, jede einzelne Dose im ganzen Haus untersuchen, damit er ihr den Misserfolg eindeutig unter die Nase reiben konnte.

Kasten und Kästchen – er öffnete alle, doch nichts war zu finden.

In jedem Zimmer sah er nach, sogar in den Keller stieg er hinunter und durchwühlte jede Ecke, erfolglos.

Er hatte es ja gewusst, eine Schnapsidee seiner Uschi! Selbst in seinem Haus stand nirgends eine Dose herum. Gut, sie war noch nicht so alt wie die Gräfin, aber wer weiß schon, wann Frauen ihrer Meinung nach begannen, Geheimnisse in Dosen aufzubewahren?Diese Angelegenheit war somit beendet, die Gräfin hatte alles, was verborgen bleiben sollte, mit ins Grab genommen.

Höfer überlegte, ob er die Lebensmittel wieder in die Dosen zurückschütten sollte, entschied sich aber dagegen. Dabei fiel sein Blick auf eine lange Büchse, die in einem Eck auf einem der Hängekästchen stand. Wie hatte er sie übersehen können? Trotz seiner Größe hatte er Mühe, sie herunterzunehmen.

Schwer war sie nicht, Gold und Preziosen befanden sich kaum darin.

Er öffnete den Deckel. Zahlreiche Papiere steckten zusammengerollt in der Hülle. Auf die Inspektion mitnehmen und gemeinsam mit Kerbl den Inhalt begutachten? Er war einfach zu neugierig und holte die Zettel heraus. Die Schrift war eckig, altmodisch und gespreizt. Mühsam entzifferte er die ersten Sätze.

»Dritter März.« Jahreszahl gibt es keine, stellte er verärgert fest.

»Der nette, freundliche Herr, er stellte sich mir als Georg vor, war nicht so brav und ritterlich, wie ich es mir vorstellte. Ich lud ihn zu mir auf einen Kaffee ein, da ich dachte, er wollte mir auf noble Weise den Hof machen. Er war ein angenehmer Plauderer, der mich öfter zum Lachen brachte. Doch dann wurde er zudringlich. Ich verbat mir das, appellierte an sein Ehrgefühl, doch das hatte er anscheinend nicht mitgebracht. Trotz heftiger Gegenwehr wurde ich von ihm vergewaltigt. Er ließ mich in meinem Blut liegen und verschwand. Mit Hexensprüchen versuchte ich, diese schmerzhafte und zu einer Frau wie mir nicht passende Situation ungeschehen zu machen, doch anscheinend hatten meine Schwestern beschlossen, dies als Reifung meiner Seele zu sehen. Ich muss also damit leben, es ist nicht meine Entscheidung.«

Die nächsten Seiten brachten nichts Aufregendes, Höfer las schnell darüber hinweg, doch dann wurde es wieder interessant.

»Zwanzigster März. Ich spüre Leben in mir. Das will ich nicht. Ich glaube nicht, dass ich dafür geeignet bin. Ich rätsle, wie ich mich dagegen zur Wehr setzen kann, doch meine Schwestern bestehen darauf, es zur Welt kommen zu lassen. Weshalb, wird mir nicht verraten.«

Es war an sich kein Tagebuch, stellte Höfer fest. Die Gräfin schrieb nur an den Tagen, wenn sie Schmerzen hatte oder sie etwas bedrückte. Erfreuliches notierte sie anscheinend nie. Rasch kam er zur vorletzten Seite.

»Einunddreißigster Dezember. Ein heiliger Tag. Ausgerechnet heute meldet sich der Balg und will mich verlassen. Ich habe vorgesorgt. Eine alte Frau wird mir beistehen. Ich hoffe, es geht schnell, denn heute sollte man feiern und sich nicht in Schmerzen winden.«

Nun hielt Höfer den letzten Zettel in der Hand. Er war voll beschrieben, sogar auf der Rückseite stand noch einiges.

»Erster Januar. Endlich! Nach langen Stunden ist es vollbracht. Die alte Frau sagt, dass es ein Mädchen ist. Gleichgültig! Ich will es nicht, ich brauche es nicht. Wie kann man für einen so fürchterlich schreienden Fratz Liebe empfinden? Noch dazu, wenn es von einem Mann gezeugt wurde, den man abgrundtief hasst? Die Schwestern werden es verstehen, oder hatten sie es von vornherein so geplant? Ich höre keine Reaktion von ihnen. Für mich steht fest, es muss weg, ich will es nicht behalten. Ist es Zufall? Die alte Frau kennt eine junge Familie, die sich sehnlichst ein Kind wünscht. Dieses Begehren kann ich schnell erfüllen. Nur eines behalte ich mir vor – die Namensgebung. Ich muss schließlich auch auf die Tradition meiner Familie Rücksicht nehmen. Ich gebe ihr den Namen Almathea.«

Almathea – was für ein Name. Höfer konnte sich niemanden vorstellen, der gerne diesen Namen trug. Er dachte, dass die Familie, in der dieses Baby aufwachsen sollte, auch nicht gerade in Jubelrufe ausgebrochen sein muss. Es war schließlich ihr Kind, dass die Gräfin die wirkliche Mutter war, darüber wurde bestimmt Stillschweigen vereinbart.

Das Mädchen konnte also Klara, Marie oder weiß der Himmel wie heißen, Beschwerde von der Gräfin gab es sicher keine.

Höfer fiel Alma ein. Konnte es sein, dass die Familie einfach einige Buchstaben wegließ und die junge Frau bewusst oder unbewusst später als Zofe der Gräfin diente?

Wenn dies Alma durch eine Indiskretion bekannt wurde, sie in Zorn geriet, dass die Mutter sie einfach weggegeben hatte und man ihr einen Adelstitel vorenthielt, war es doch möglich, dass sie die Mörderin der Gräfin war.

Höfer konnte es sich zwar nicht vorstellen, aber andererseits war Alma eine kluge, entschlossene Frau, ihr war das ohne weiteres zuzutrauen. Zu guter Letzt sprach auch die falsche Telefonnummer gegen sie.

Er musste diese Alma finden, daran führte kein Weg vorbei.

Kapitel 10

Heidi stand mit Hose und festen Schuhen im Wohnzimmer.

»Komm, Gerti, machen wir einen Spaziergang, mir schlafen sonst die Füße ein.«

Ihre Freundin musterte sie von oben bis unten.

»Du willst also unbedingt wieder im Wald herumlaufen. Wir könnten doch auch durch die Stadt bummeln«, jammerte sie schließlich. »Oder willst du unbedingt wieder eine Tote finden?«

»Gerti, bitte! Das war ein unglücklicher Zufall. Das könnte dir in der Stadt genauso passieren. Wozu haben wir denn die teuren Stecken gekauft? Auf der Straße können wir damit nicht gehen, da glauben die Leute, dass wir nicht ganz richtig im Kopf sind.«

»Ja, aber warum willst du so zeitig in der Früh weg, es ist kalt, zu Mittag ist es angenehmer.«

»Pah! Schau auf das Thermometer. Minusgrade hat es keine. Außerdem ist die Morgenluft bedeutend gesünder. Also reiße dich endlich von deinem Sessel los.«

Unter ständigem Gejammer von Gerti machten sie sich auf den Weg. Irgendwann versiegte das Lamento, möglich, dass ihr langsam die Luft ausging. Irgendwann blieb Heidi stehen.

»Tief einatmen, Gerti. Ist die Luft nicht herrlich? Übrigens, bald sind wir bei der Kiefer mit dem Muttergottesbild.«

Sie kamen an einem großen Busch vorbei, hinter dem ein Weg von der Forststraße abbog.

»So, gleich sehen wir die Kiefer. Nein!« Heidi schrie erschrocken auf. Vor der Föhre kniete eine Gestalt. »Das haben wir doch schon einmal erlebt. Hoffentlich betet diese Frau diesmal.«

Ohne auf sie zu hören, ging Gerti trippelnd auf die Figur zu.

»Entschuldigen Sie, wenn ich Sie bei der Andacht störe. Geht es Ihnen gut?«

Keine Reaktion. War die Frau so in ihr Gebet versunken? Sie berührte die Gestalt an der Schulter und die Frau fiel seitlich um. Gerti stieß einen gurgelnden Laut aus und sackte daneben zusammen.

Ihre Freundin stürzte zu ihr, richtete sie auf, bettete ihren Kopf in den Schoß und tätschelte ihr Gesicht, um sie aus der Ohnmacht zu holen. Sie versuchte, keine Blicke zu der Toten zu werfen, was nicht ganz gelang. Sie spürte Übelkeit aufsteigen, fasste Gerti unter den Achseln und zog sie weg. Am liebsten hätte sie ihre Freundin bis nach Hause geschleppt, sie schaffte es aber nicht einmal zu dem Holzhäuschen.

Langsam beruhigte sich ihr Puls und endlich schlug Gerti ihre Augen auf.

»Ich wusste ja, weshalb mir der Wald unheimlich ist«, murmelte sie. »Keine zehn Pferde bringen mich nochmals her.«

»Wir müssen die Polizei rufen, am besten den netten Polizisten.«

»Ja, ruf ihn an, ich muss mich eh noch ein wenig erholen.«

»Wenn ich seine Nummer hätte. Die ist nur auf deinem Handy, also mach du das.«

*

Höfer war ziemlich früh auf die Inspektion gekommen. Es drängte ihn, Alma endlich zu finden. Er hoffte, dass Rothe über die Telefonnummer etwas herausbekommen hatte.

Kerbl saß alleine in seinem Büro. Die Frage nach Rothe beantwortete er spitz mit dem Hinweis, dass dieser auch anderes zu tun habe.

»Also ist der Mord nicht so wichtig?«, brauste Höfer auf.

»Doch! Natürlich! Aber wenn der Chef sagt, dass er ihn wo anders braucht, kann man nichts machen. Wir schaffen das auch alleine. Rothe ist eh mehr ein Theoretiker.«

»Er hätte uns aber eine Menge Arbeit erspart«, brummte Höfer.

In diesem Moment läutete sein Handy.

*

Mit Blaulicht und Folgetonhorn rasten sie durch die Stadt. Als sie die Forststraße erreichten, schaltete Kerbl alles ab.

»Es gibt zu viele neugierige Menschen«, sagte er entschuldigend. »Will ja nicht, dass wir einen Auflauf verursachen.«

Höfer fand das ein wenig übertrieben, die Temperatur war für einen Spaziergänger, der müßig vor sich hinschlendern wollte, nicht gerade angenehm.

Als sie am Tatort anlangten, sprang Höfer aus dem Wagen und sah sich erst mal nach den Damen um. Die brauchten sicher eine Betreuung. Er erinnerte sich, wie Gerti reagiert hatte, als sie die erste Leiche gefunden hatten. Er hoffte, dass sie nicht wieder neben der Toten lag. Er entdeckte die beiden in der Holzhütte. Sie sahen sehr blass aus.

»Sie sind meine besten Spürhunde«, versuchte er einen Scherz. »Wenn Sie spazieren gehen, finden Sie garantiert eine Tote. Oder ist es ein Toter?«

»Schauen Sie selbst nach«, keifte Heidi. »Ich hoffe, Sie können dann genauso gut schlafen wie wir.«

»Entschuldigen Sie!« Höfer tat zerknirscht. »Aber in unserem Beruf muss man sich an alles gewöhnen. Die Rettung wird gleich da sein, dann bekommen Sie etwas zur Beruhigung.«

»An meinem Taktgefühl muss ich noch ein wenig arbeiten«, murmelte er vor sich hin und ging zu Kerbl, der inzwischen zur Leiche getreten war und diese von allen Seiten betrachtete.

»Wieder eine Frau«, sagte er zu Höfer. »Und wieder Augen weg, Zunge weg, wahrscheinlich auch die Ohren. Ob es auch eine Gräfin ist? Wie viele haben wir denn in Mödling?«

Höfer betrachtete das halb verdeckte Gesicht. War das nicht …?

»Ich vermute, dass es die Tochter der Gräfin ist, die, so sagte die Alte immer, gar nicht existiert.«

Kerbl sah ihn verwundert an.

»Genaueres erzähle ich Ihnen später. Habe sie zwar nur einmal gesehen, aber ich denke, es ist die Zofe und sie heißt Alma.«

*

Doktor Piker war tatsächlich mit seiner alten Citroen »Ente« heraufgehoppelt. Wenn der Anlass nicht so traurig gewesen wäre, hätte es sicherlich einige dumme Scherze der Crew gegeben. So blieb es bei spöttischen Blicken.

Der Pathologe stellte klar, dass es die gleiche Vorgehensweise wie bei der Gräfin war.

»Stich mit einem dünnen Gegenstand ins Herz, aber wie gesagt, an einem anderen Ort. Hier begann er schließlich mit der Fleischerarbeit. Ohren, Zunge und Augen auf einem Gewächsblatt präsentiert. Ihr müsst nur mehr die Stelle finden, wo er zugestochen hat, dann habt ihr den Mörder.«

Das wussten Kerbl und Höfer auch.

»Du hast leicht reden, Doktor«, rief Kerbl. »Jedenfalls muss dieser Ort eine besondere Bedeutung für den Mörder haben, die Frage ist nur, welche?«

»Das herauszufinden ist eure Aufgabe. Ich kann mich doch nicht um alles kümmern«, feixte der Doktor.

Die Tote wurde in den Leichentransporter gelegt, die Spusi hatte außer einer Schokoladenbanderole und einem Zigarettenstummel nichts gefunden und packte ebenfalls zusammen.

Höfer stieg zu Kerbl ins Auto und sie fuhren los. In Gedanken versunken hatte er ganz vergessen, sich von den beiden Damen zu verabschieden.

»Ich glaube, dem netten Polizisten war es gar nicht recht, dass wir die tote Frau gefunden haben«, sagte Heidi zu Gerti. Sie saßen noch immer, eingehüllt in eine goldglänzende Foliendecke, im Rettungsauto. »Gerti, wir müssen endlich die letzten Seiten deines Krimis lesen. Vielleicht kommen wir dabei auf den Mörder.«

»Das kannst du machen. Ich will mit diesem Buch nichts mehr zu tun haben.«

»Naja, ist wahrscheinlich eh nur Schwachsinn«, grübelte Heidi. Sie legte ihre Stirne in Falten. »Denk nach. Könnte eventuell eine der Frauen oder Männer, die damals in dem Café über sie lästerten, damit etwas zu tun haben?«

»Pfft! Du hast Ideen. Da könnte es genauso gut ein Alien gewesen sein. Erinnere dich an den Zettel. Oder einer der Aluhutträger.«

»Das ist gar nicht so blöd«, rief Heidi. »Wenn ich mich recht erinnere, habe ich irgendwo aufgeschnappt, dass die Gräfin ebenfalls bei diesem Verein war. Wir sollten uns in diese Gesellschaft einschleichen. Vielleicht erfahren wir etwas, das dem Polizisten weiterhilft.«

»Du hattest auch schon bessere Ideen, Heidi. Das kann ganz schön gefährlich werden. Ich will nicht bei dieser Föhre landen.«

*

Bei der Rückfahrt zur Inspektion erzählte Höfer endlich, was er im Haus der Gräfin gefunden hatte.

»Die Gräfin hat das geheim gehalten. Trotzdem muss jemand davon erfahren haben, sonst läge Alma nicht bei der Föhre. Andererseits weiß ich nicht, ob sie tatsächlich die Tochter ist. Soweit ich mich erinnere, hat sie kaum geschielt. Sie müssten sich darüber bei ihrem Doktor informieren. Ich komme mit dem Herrn jedenfalls nicht klar.«

»Sie versuchen es ja nicht einmal. Diese Erkundigungen wären der richtige Zeitpunkt, um zu erkennen, dass Piker ein äußerst gescheiter Mann ist, der halt auch eine kleine Macke hat.«

»Triathlon! Das ist sogar eine Riesenmacke«, ätzte Höfer. »Aber wenn Sie darauf bestehen, werde ich versuchen, zumindest ein neutrales Verhältnis mit ihm zu erreichen.«

Angekommen bei der Dienststelle, ging Kerbl gleich in sein Büro, Höfer holte sich noch einen Becher Kaffee, obwohl er dieses Gesöff im Prinzip nicht ausstehen konnte.

Rothe saß, als ob er nie weg gewesen wäre, vor dem Computer. Kerbl stand hinter ihm und starrte auf den Bildschirm.

»Ich habe endlich den dazugehörenden Namen von der Handynummer, die sie mir gegeben haben«, rief er stolz.

»Leider zu spät – wahrscheinlich«, brummte Höfer.

»Es gehört einer Emilie Mayer. Mit A-Ypsilon. Die Adresse habe ich auch, Leopoldgasse vier. Zwei weitere Personen sind dort gemeldet, eine Margrit und ein Anatol Mayer.«

»Was sind denn das für schauderhafte Vornamen? Anatol passt doch zu einem Nachnamen wie Mayer mit A-Ypsilon wie die Faust aufs Auge. Und von einem Herzog Mayer habe ich auch noch nie etwas gehört, sollte er sich blaublütig fühlen«, wunderte sich Höfer.

»Dafür können sie doch nichts«, beschwichtigte Kerbl. »Vergessen Sie nicht, Herr Major, die Vornamen vergeben immer noch die Eltern.«

»Lassen Sie mir doch meinen Ärger, dann fühle ich mich besser, wenn wir gemeinsam der Familie die Todesnachricht überbringen müssen.«

»Sie müssen ja nicht mitgehen, Herr Major.«

»Lasse Sie doch nicht alleine, Kerbl.«

»Noch ist es nicht so weit, wir wissen ja nicht, ob die Tote tatsächlich ihre Tochter ist. Ich muss mich erst mit der Spusi und Doktor Piker kurzschließen, ob man einen Ausweis gefunden hat, oder das Handy.«

»Ich habe also noch eine Galgenfrist«, seufzte Höfer.

»Sie?« Kerbl starrte ihn an. »Vergessen Sie nicht, Major, der Überbringer von Hiobsbotschaften bin immer noch ich.«

»Ich weiß schon, Herr Kerbl, manchmal geht eben mein Temperament mit mir durch«, sagte Höfer beschwichtigend. Er sah sich sowieso nicht als Bote, der schlimme Nachrichten überbrachte, er glaubte, kein Talent dafür zu haben, es ärgerte ihn nur die Langsamkeit dieser Provinzpolizisten, die ganz gemütlich an einen Fall gingen, der schnellstens aufgeklärt gehörte.

Während er noch versuchte, ein Loch in den Boden zu starren, hatte Kerbl zwei Telefonate geführt.

»Wir können fahren«, sagte er zu Höfer.

»Wohin denn jetzt schon wieder?«

»Naja, zu Ihrem ›Herzog Mayer‹. Man hat eine Ausweiskarte bei Ihrer Alma, die Emilie heißt, gefunden. Jetzt ist es amtlich, dass sie tot ist.«

Vor lauter Verblüffung brachte Höfer kein Wort heraus.

*

Der Mann riss mit zornigem Blick die Türe auf.

»Was ist?«, schrie er und Kerbl hielt ihm seinen Ausweis unter die Nase.

»Wird auch schon Zeit, dass ihr kommt. Wie oft soll ich denn noch anrufen?«

»Sie haben mit uns telefoniert? Davon weiß ich nichts.« Kerbl bemühte sich um einen höflichen Ton.

»Eh klar, die linke Hand weiß nicht, was die rechte macht.«

»Nun sind wir ja da. Worum geht es denn?«

Kerbl war immer noch freundlich, Höfer sah man an, dass es in ihm kochte.

»Meine Tochter ist seit gestern verschwunden und niemand unternimmt etwas«, schrie der Mann.

»Können wir kurz hineinkommen? Es ist nicht gut, das zwischen Tür und Angel zu besprechen.« Höfer fand, dass sich Kerbl viel zu freundlich verhielt, er wäre dem Mann längst über den Mund gefahren.

»Kommen Sie!«, sagte der Mann mit einem Mal ganz ruhig und hielt die Türe auf. Er führte sie durch den Vorraum ins Wohnzimmer. Die etwas abgewohnt aussehende Möblierung sah aber trotzdem sauber und gepflegt aus, stellte Höfer fest. An einem großen Tisch saß eine Frau, man merkte ihr an, dass sie erst vor kurzem geweint hatte.

»Meine Frau!«, stellte sie der Mann vor und Höfer glaubte, in ihren Augen einen Hoffnungsschimmer aufblitzen zu sehen.

»Nun, Herr Mayer«, begann Kerbl, »wir glauben, Ihre Tochter gefunden zu haben.«

Der Mann stieß einen erleichternden Seufzer aus.

»Gott sei Dank! Warum haben Sie Emilie nicht mitgebracht? Ist sie verletzt? Liegt sie im Spital? Wir müssen sofort zu ihr.«

Auch die Frau war aufgesprungen und strich sich mit fahrigen Bewegungen durch das Haar.

Höfer hatte sich nicht vorstellen können, so zartbesaitet zu sein. Was jetzt kam, ging ihm, verdammt noch mal, ziemlich auf den Magen. Dennoch musste er noch etwas wissen.

»Ihre Tochter heißt Emilie und nicht Alma?«, fragte er schnell. »Ich habe sie kennengelernt und mir stellte sie sich als Alma vor. Können Sie das erklären?«

Herr Mayer schüttelte nur den Kopf.

»Eine Frage noch. Welchen Beruf übt Ihre Tochter aus?«

»Sie hat die Schwesternschule besucht, fand aber, dass es für sie zu viel Leid im Spital gab. Sie betreut jetzt eine alte Dame«, antwortete Mayer. »Aber genug der Fragerei. Das können wir alles später klären. Wir wollen jetzt zu unserer Tochter.«

»Das wird leider nicht möglich sein.« Jetzt war Kerbl am Zug.

»Weshalb?«, schrie Herr Mayer. »Ist sie so schwer verletzt?«

»Ich muss Ihnen leider die traurige Nachricht überbringen, dass Ihre Tochter ermordet wurde.«

»Nein! Das ist jetzt ein Scherz, oder?« Mayer stand steif da, konnte sich nicht rühren.

Höfer hörte ein Stöhnen beim Tisch und sah die Frau ohnmächtig zu Boden fallen. Er eilte zu ihr und versuchte, sie durch Tätscheln der Wangen wieder zu wecken.

»Ich glaube, Sie gehen jetzt besser«, krächzte Herr Mayer.

Kerbl nickte. »Ich lasse Ihnen meine Karte da. Rufen Sie mich an. Wir können Ihnen auch einen psychologischen Beratungsdienst vermitteln. Kommen Sie, Herr Major.«

Dem war das nur recht. Mit dieser Trauer konnte er ohnehin nicht umgehen.

*

»Pfft!«, stöhnte Höfer, als sie im Auto saßen. »Ich bewundere Sie, Kerbl, dass Sie es ohne Regung hinnehmen. Ich wäre am liebsten gleich aus dem Haus gestürzt.«

»Man darf es nicht an sich herankommen lassen. Ich habe ja schon einige dieser Szenen erlebt, man gewöhnt sich langsam daran.«

»Hoffentlich! Bei Raub und Einbruch hatte ich nie derartige Probleme.«

»Kein Wunder. Dort geht es ja nur um Materielles. Sie können aber jederzeit aussteigen. Chefinspektor Plesser würde es sicher freuen.«

»Nix da! Diese Verbrecher gehören überführt. Mich werden Sie nicht los, Kerbl.«

»Dann sollten wir uns ins Zeug legen, ehe noch ein weiterer Mord passiert.«

»Wenn das so einfach wäre. Wir haben ja nichts. Keine Anhaltspunkte. Ich habe ja diese Aluhutträger in Verdacht. Ihr Auftreten beim Haus der Gräfin war ein wenig zu theatralisch, finden Sie nicht? Deshalb wollte ich mit dieser Alma-Emilie noch einmal reden. Ob es Probleme, Unstimmigkeiten oder Streitereien gab. Irgendjemand ist uns aber zuvorgekommen, wir werden es nie erfahren.«

»Dass diese Leute Betrüger sind, ist eindeutig, aber Mörder? Ist eher unwahrscheinlich. Weshalb sollten sie das tun? Aber sie haben recht, wir sollten uns die Herrschaften genauer ansehen. Das Dumme ist nur, wir können uns nicht unter ihre Anhänger mischen, uns kennen sie ja.«

Höfer nickte und sah nachdenklich vor sich hin.

»Vielleicht Rothe?«, meinte er dann.

»Rothe?« Kerbl sah ihn verdattert an. »Ich weiß nicht, ob das eine gute Idee ist. Aber versuchen können wir es ja.«

*

»Gerti!«, rief Heidi und setzte die Einkauftasche ab. »Ich habe gerade erfahren, dass diese silbernen Deppen heute Nachmittag eine große Demonstration abhalten. Am Bahnhofsplatz. Es soll neue Erkenntnisse über die Außerirdischen geben. Da müssen wir unbedingt hin, damit wir dem netten Polizisten einiges berichten können.«

»Was brauche ich neue Erkenntnisse, wenn ich nicht einmal über die alten Bescheid weiß«, raunzte Gerti.

»Wir haben doch ausgemacht, dass wir bei denen undercover ermitteln, also hab dich nicht so. Wir gehen hin, basta!«

»Ich wüsste etwas Besseres mit der Zeit anzufangen, Heidi.«

»Jammere nicht, ausgemacht ist ausgemacht. So, und jetzt ab

in die Küche, ich will noch anständig essen, bevor wir gehen.«

Gerti war eine gute Köchin und so blieb ihnen noch Zeit, auch den Abwasch zu erledigen, ehe sie sich auf den Weg machten.

Es war kühl draußen, obwohl die Sonne immer wieder zwischen Wolkenfetzen hervorblinzelte. Zur Laune von Gerti trug das auch nicht gerade bei. Heidi fand, dass sich eine Menge Leute hier versammelt hatten. Ihre Freundin sah das anders.

»Wegen der paar Deppen wird so ein Aufwand betrieben? Das mit dem Undercover-Einsatz kannst du vergessen, Heidi. Da fliegen wir doch sofort auf.«

»Schauen wir einmal«, sagte Heidi optimistisch. »Wir können doch verschiedene Leute fragen, ob sie die Herren auf der Bühne näher kennen. Was die privat machen und so weiter. Einfache, harmlose Fragen eben.«

Bei einigen beisammenstehenden Männern entstand mit einem Mal ein Tumult.

»Das ist doch ein Kieberer«, schrie einer. »Den kenne ich. Schmeißt ihn raus.«

Fäuste wurden geschüttelt, der junge Mann machte, dass er wegkam. Einige Tritte und Schläge kassierte er dennoch.

»Da siehst du ja, wie es einem Spion geht, Heidi. Also halte dich zurück. Ich will dich nicht zu Hause pflegen müssen.«

»Freunde!«, tönte es aus dem Lautsprecher. »Wir sind doch eine friedliche Gemeinschaft. Bitte keine Gewalt, oder nur so viel, wie unbedingt nötig ist.«

Vereinzelt wurde Gelächter laut.

»Spart eure Kräfte für die Außerirdischen. Da wird es genügend zu tun geben. Wie ich sehe, trägt kaum einer von euch eine silberne Maske. Leute, die ist wichtig für unser Überleben. Zum Glück haben wir etliche mitgebracht. Nach der Rede unseres Meisters Arturo könnt ihr sie euch hier abholen. Und jetzt bitte einen kräftigen Applaus. Der Meister hat euch viel Neues zu berichten.«

Ein älterer Herr trat vor das Mikrofon. Heidi schätzte ihn auf ungefähr sechzig Jahre. Er, wie sein Vorredner, war in silberne Mäntel gekleidet. Was sie dann hörte, stellte ihre Härchen im Nacken auf.

Corona gab es eigentlich nicht. Diese winzigen Microchips, die von den Aliens in der Luft verstreut wurden, sollten die Menschen willenlos und apathisch machen, damit die Außerirdischen die Welt übernehmen konnten, ohne Gewalt, die sie verabscheuen. Bei der Produktion dieser Chips war aber etwas schief gelaufen und so entstand Corona, eine etwas heftigere Grippe, zumindest für den Großteil der Menschen.

»Glaubt aber nicht, dass die Sache damit gelaufen ist. Sie arbeiten schon an einer neuen Produktion. Das Einzige, was dagegen hilft, sind unsere silbernen Masken. Ihr fragt euch sicher, woher ich das weiß. Nun, wir haben einen Verbündeten bei den Außerirdischen. Ein alter Meister, dem es nicht gefällt, eine Welt zu unterjochen. Er teilt es mir regelmäßig auf telepathischem Weg mit. Lasst euch also nicht unterkriegen und tragt die Maske. Irgendwann werden die Aliens schon aufgeben.«

Jetzt trat wieder der jüngere Mann zum Mikrofon.

»Nun, Freunde, ihr habt Meister Arturo gehört. Sieht doch nicht so schlecht aus, wenn … ja, wenn ihr eine Maske tragt. Ich denke, niemand von euch will als Zombie durch die Welt laufen. Also kommt und holt euch eine. Es sind genügend da, auch für eure Familie. Dann könnt ihr den Außerirdischen den Stinkefinger zeigen.«

»Was meinst du, sollen wir uns auch eine holen?«, wandte sich Heidi zu ihrer Freundin.

Eine Frau, die vor ihnen stand, drehte sich um.

»Wenn Sie unbedingt zwanzig Euro für ein Stückchen Stoff zahlen wollen, dann nur zu.«

»Wie viel?« Gerti riss die Augen auf. »Ich dachte, die sind kostenlos?«

»Das wäre aber kein Geschäft für die beiden«, antwortete die Dame.

»Kennen Sie die Herren?« Heidi war neugierig.

»Den Jüngeren«, sagte die Frau. »Ist bei mir in die Schule gegangen. Ich war früher Lehrerin«, setzte sie hinzu. »Der Günther war damals schon ein Hallodri mit blühender Fantasie. Was der uns für Geschichten erzählt hat, immer über den Weltraum, von Marsmännchen und Venusbewohnerinnen, ich kann es gar nicht richtig schildern. Der Bursche hätte Romanautor werden sollen. Aber daran hat es gehapert, in Deutsch war er eine vollkommene Niete. Der Auftritt hier scheint ihm mehr zu liegen, denn gut reden konnte er schon immer.«

»Kennen Sie den anderen Herrn auch?«, mischte sich Gerti ein.

»Nur vom Sehen. Soweit ich weiß, ist er Stoffhändler. Vielleicht ist Günther bei ihm Vertreter und die beiden haben diesen Schwachsinn hier aufgezogen, um einen Stoff, den sie nicht verkaufen konnten, um gutes Geld an den Mann zu bringen.«

»Mit Erfolg«, vermerkte Heidi. »Sehen Sie nur, wie sich die Leute da vorne anstellen und drängen.«

»Ja, die Menschheit wird immer dümmer. Die glauben alles, was sie im Internet oder auf Facebook lesen.«

»Entschuldigen Sie, aber darf ich fragen, weshalb dann Sie hier sind?«

»Heidi, das geht dich nichts an«, rügte Gerti ihre Freundin. Die Frau lachte.

»Sie dürfen. Hier habe ich meinen Spaß und es ist nicht so langweilig wie daheim. Manchmal braucht man das.«

»Bei uns ist es ähnlich. Manchmal muss man einfach hinaus.«

»Wirklich?« Die Frau hegte anscheinend Zweifel.

Heidi wollte aber nicht näher darauf eingehen.

»Sagen Sie, erinnern Sie sich noch an den Nachnamen von diesem Günther?«

Die Frau zog die Stirne in Falten und schüttelte den Kopf.

»Tut mir leid, Sie wissen ja, wie das ist. In unserem Alter vergisst man einiges.«

»Davon kann ich ein Lied singen, gell?«, mischte sich Gerti ein. »So! Wir werden jetzt gehen, meine Liebe, mir ist schon sehr kalt.« Sie hakte sich bei Heidi ein und zog sie mit. Dann drehte sie sich nochmals um. »Wenn Ihnen wieder einmal fad sein sollte, kommen Sie uns doch besuchen. Auf Wiedersehen.«

Sie vergaß aber, der Frau ihre Adresse mitzuteilen, was ihr Heidi, als sie um die Ecke gingen, genussvoll unter die Nase rieb.

Kapitel 11

»Kommen Sie, Herr Major, wir fahren.« Kerbl sprang auf und suchte unter den Papieren auf seinem Schreibtisch die Autoschlüssel.

»Wohin soll's denn gehen?« Höfer war alles recht, um aus dem Büro zu kommen, in dem er sich fehl am Platz fühlte.

»Ich will einmal diesen Herrn Moratz ein wenig unter die Lupe nehmen. Sie wissen schon, den Stoffhändler und Aluhutträger. Stellen Sie sich vor, gestern gab es eine Versammlung dieser Deppen am Bahnhofsplatz. Reiner Zufall, dass ich davon erfahren habe. Ich habe Rothe hinuntergeschickt, um sich das anzusehen. Dummerweise wurde er von einem der Zuhörer erkannt und verjagt, nicht gerade auf die brüderliche Art.«

»Ah! Deshalb die bläulichen Verfärbungen und Schwellungen in seinem Gesicht. Ich dachte schon, er ist mit einem Zug zusammengestoßen«, lachte Höfer.

»Halb so wild!«, murmelte Rothe.

»Er war wenigstens so gescheit und hat aus einiger Entfernung weiter zugehört. Zuerst redete der Einpeitscher, ich nehme an, es handelt sich um den verhinderten Romanautor Pafill, der sofort diese silbernen Masken anbot. Dann erschien Moratz, der sinnloses Zeug quatschte, von Microchips und dass er einen Freund bei den Außerirdischen hat. Auch er animierte die Zuhörer zum Maskenkauf. Aber das Wichtigste – er nannte sich Arturo.«

Höfer dachte nach, was daran so bedeutend sein könnte, dann fiel es ihm ein – als sie die beiden Herrn beim Haus der Gräfin trafen, wollten sie Artura, die Gräfin, begrüßen. Moratz war scheinbar zum Chef aufgerückt.

Wenn das kein Mordmotiv war, welches dann? Weshalb musste aber auch Alma sterben? Gab es eine Vereinbarung, dass nach dem Tod der Gräfin Alma der Boss sein sollte?

Bei den Akten hatten sie nichts dergleichen gefunden. Das besagte zwar nicht viel, Höfer erinnerte sich, als er und Alma das Haus betraten, hatte es in der Küche ein Einbrecher durchs Fenster fluchtartig verlassen. Dass dieser in diesem Wust von Papieren gerade dieses Dokument gefunden hat, damit war eigentlich nicht zu rechnen. Vielleicht war dieser Zettel bei einem Neutralen, nämlich Moratz, hinterlegt. Als der dann Chef werden wollte und Alma protestierte, wurde auch sie umgebracht.

Diese Gedanken teilte er Kerbl mit, fand aber wenig Begeisterung bei ihm.

»Ist ein bisschen weit hergeholt, finden Sie nicht?«, meinte er und hatte endlich den Autoschlüssel in der Hand. »Ich werde ihn jedenfalls darauf ansprechen. Kommen Sie, auf geht's!«

Sie stiegen in Kerbls Dienstwagen und fuhren los.

Obwohl sich Höfer in Mödling noch nicht so gut auskannte, fiel ihm auf, dass Kerbl mit einem Mal die Richtung wechselte.

»Machen Sie jetzt eine Rundfahrt durch Mödling, um mir zu zeigen, wie viele Gassen ihr habt?«

»Entschuldigen Sie, nein! Ich muss nur schnell noch etwas anderes erledigen.« Das klang ziemlich geheimnisvoll. »Obwohl es sicher gut wäre, wenn Sie sich hier ein wenig auskennen würden.«

»Hab zu Hause einen Stadtplan«, brummte Höfer.

»Na dann! Wir sind schon da.«

Kerbl hielt vor einem großen Gebäudekomplex. War das nicht das Spital?

»Kommen Sie. Doktor Piker hat mich wegen eines DNA-Vergleichs verständigt. Das müssen wir uns persönlich anhören, übers Telefon mag ich das nicht.«

»Was kann uns ein Leichendoktor schon viel erzählen?« Höfer war dieser Besuch gar nicht recht.

»Damit Sie Ihre Aversion gegen den Doktor endlich ablegen, habe ich nichts zu Ihnen gesagt. Sie sollten selbst erkennen, was er drauf hat.«

Murrend folgte Höfer dem Abteilungsinspektor.

»Oh! Heute hast du dir Hilfe mitgebracht? Fürchtest du, dass du meine Erkenntnisse nicht alleine überstehst?«, rief Piker und rieb sich die Hände.

»Nein, Doktor. Es ist nur so, vier Ohren hören mehr als zwei, zwei Gehirne haben mehr Fragen als eines. Wir sind hier, um deine Ausführungen zu zerpflücken.«

»Das wird euch nicht gelingen, Freunde. Die Wissenschaft ist unumstößlich.«

»Ja, bis eine neue Theorie alles in Frage stellt«, knurrte Höfer.

»Diese nicht!«, erregte sich Piker.

»Doktor, wir haben auch anderes zu tun, wir wollen endlich den Mörder fassen, also erzähl endlich, was du herausgefunden hast«, versuchte Kerbl zu beruhigen.

»Du hast recht, Wastl. Also – ich habe beide Toten noch einmal akribisch untersucht, fremde DNA ist nirgends zu finden. Das heißt, der Täter hat Handschuhe getragen.« Kerbl wollte etwas einwerfen. »Sei still. Ich weiß, für euch war das klar, aber man muss alles versuchen, man weiß ja nie. Aber jetzt kommt es. Der Vergleich zwischen den beiden Toten zeigt, dass die beiden verwandt sind, Mutter und Tochter. Unumstößlich! Daran gibt es nichts zu rütteln.«

»Wir wussten …«

»Nein!«, unterbrach Piker Höfer. »Sie vermuteten es. Jetzt haben Sie den amtlichen Beweis.«

»Und das haben Sie ganz alleine getan?«, staunte Höfer.

»Wozu ist ein Leichendoktor sonst da?«

Zynismus pur.

»Alle Achtung! Ich ziehe den Hut vor Ihnen.« Höfer lüftete einen imaginären Zylinder.

»Schön. Dann haben wir das endlich geklärt. Jetzt brauchen wir ja nur noch den Mörder finden.« Auch Kerbl konnte zynisch sein, staunte Höfer.

Als sie die Pathologie verließen, hielt Höfer Kerbl zurück.

»Ich muss diesem Doktor Abbitte leisten. Dass er so gut ist, hätte ich mir nie gedacht. Alles sträubt sich in mir, ihm das selbst zu sagen, aber wenn Sie ihn wieder einmal sehen, könnten Sie es ja so nebenbei erwähnen. Wäre Ihnen dankbar.«

Kerbl musste innerlich grinsen, verlor aber kein Wort darüber.

*

Kerbl hatte ein kleines Geschäft erwartet, doch als sie bei der Adresse von Moratz ankamen, standen sie vor einer riesigen Halle.

»Produziert er seine Stoffe selbst?«, wunderte er sich.

»Gleich werden wir es sehen«, meinte Höfer und schritt zum gläsernen Eingang.

»Wir möchten zu Herrn Moratz, Kriminalpolizei!«, sagte er zur Empfangsdame. Kerbl zeigte seinen Ausweis.

»Selbstverständlich! Aber ich weiß nicht, ob der Chef zugegen ist. Einen Moment bitte!« Sie hob den Hörer ab und drückte eine Taste.

»Tut mir leid«, sagte sie nach längerem Warten. »In seinem Büro ist er nicht. Vielleicht in der Produktion?« Sie wählte einen anderen Knopf.

In diesem Moment wurde eine Türe, die offensichtlich in die Halle führte, aufgerissen. Eine Frau mit hochrotem Kopf schrie: »Eine Rauchpause wird doch noch gestattet sein, sie Sklaventreiber, für den Hungerlohn, den wir bekommen.«

Ein Mann kam ihr aus der Halle nach.

»Ich habe schließlich Verpflichtungen, die ich einhalten muss. Da kann nicht jeder alle zehn Minuten eine Zigarette inhalieren. Noch dazu ist das ungesund. Wenn es Ihnen nicht passt, einige Stunden durchzuarbeiten, können Sie gerne Ihre Papiere abholen.«

»Alle zehn Minuten, ha! Ich sitze seit der Früh an diesem Martergerät, ich brauche einmal eine Pause.«

Wütend stürmte die Frau ins Freie. Der Mann sah ihr verdattert nach.

»Chef!«, rief die Empfangsdame. »Die beiden Herren wollen Sie sprechen.«

Kerbl hätte den Mann im dunkelblauen Anzug fast nicht erkannt.

»Herr Moratz, wir haben uns schon einmal getroffen, bei der Gräfin, erinnern Sie sich? Tragen Sie Ihr Glitzerzeug hier nicht?«

»Nein! Nur privat und zu besonderen Anlässen.« Moratz schien es unangenehm zu sein, vor der Sekretärin darauf angesprochen zu werden.

»Polizei, richtig?« Er tat so, als ob er sie erst jetzt erkennen würde. »Was kann ich denn für Sie tun?«

»Wir hätten noch einige Fragen. Dauert nicht lange«, sagte Kerbl.

»Dann gehen wir am besten in mein Büro. Kommen Sie?«

Kerbl schlug sich auf die Stirn.

»Herr Major, beginnen Sie mit Herrn Moratz? Ich muss noch einmal zum Auto, hab was vergessen.«

Höfer wunderte sich. Es lag doch nichts in ihrem Auto. Wollte er in die Halle spionieren gehen? Jedenfalls hatte er genügend Fragen an den Aluhutträger. Kerbl konnte stundenlang fortbleiben.

Kerbl eilte nach draußen und sah sich suchend um. Dann entdeckte er die Frau, die an einer Tonne lehnte und genussvoll an ihrer Zigarette zog.

»Sandra, was machst denn du hier?«

Die Frau sah hoch.

»Wastl! Lange nicht gesehen. Was treibt dich her? Hast du genug von der Polizei und willst dich hier um einen Job bewerben? Offen gestanden würde ich davon abraten. Ist eine Scheißfirma.«

Sandra arbeitete in einer Konditorei, wo er und seine Babsi sie kennenlernten. Die beiden Frauen verstanden sich gut, es entstand eine lockere Freundschaft, bis sie ihren Job hinschmiss, aus welchen Gründen auch immer. Die Verbindung riss ab.

»Du arbeitest jetzt hier?«, erkundigte er sich.

»Leider!« Sandra nahm wieder einen Zug von ihrer Zigarette. »Weißt du, der Job in der Konditorei wurde mir zu stressig. Viel zu lange Arbeitszeit für einen mickrigen Lohn. Nähen war immer schon mein Hobby und als ich zufällig ein Inserat sah, dass Näherinnen gesucht wurden, griff ich zu. Hab mir das Ganze aber anders vorgestellt.«

»Was musst du hier denn machen? Konfektionskleider, Unterwäsche oder Bettzeug?«

»Corona-Masken. Und das im Eiltempo. Dafür bekomme ich weniger bezahlt als in der letzten Arbeit. Lange mache ich das nicht mehr mit, das schwöre ich dir.«

»Dafür leistest du einen Dienst für die Allgemeinheit, das ist doch schön.«

»Pah, Allgemeinheit! Hast du schon jemand mit einer silbernen Maske herumlaufen gesehen? Ich nicht!«

»Silber? Gehört habe ich schon davon. Das ist sicher ein ganz spezieller Stoff, extra hergestellt für die Masken.«

»Dass ich nicht lache. Eine der Näherinnen, die schon länger hier arbeitet, hat mir erzählt, dass der Chef vor einigen Jahren den Stoff gekauft hat, da Silber in der Mode gerade total in war. Aus irgendeinem Grund blieb er aber darauf sitzen. Ich glaube, es ist billigste Ware aus Indien. Jetzt produziert er daraus Masken, aber ich bezweifle, dass er dafür ein Zertifikat bekommt.«

»Braucht er nicht. Danke, Sandra, ich muss wieder zurück. Ich kann dir nur raten, kündige, ehe es zu spät ist. Vielleicht sehen wir uns ja in der Konditorei wieder.«

*

Höfer hatte es sich im Büro von Moratz gemütlich gemacht und schlürfte einen Kaffee.

»Mich interessiert vor allem, wie sie und die alte Gräfin zusammenkamen«, fragte er zwischen zwei Schlucken.

»Reiner Zufall! Es war vor einigen Jahren, die Firma steckte gerade in einem Tief, was leider immer wieder einmal vorkommt, und ich ging im Wald spazieren, um nachzudenken und die Gedanken auszulüften. Es gibt da eine Stelle bei der Forststraße, wo eine Kiefer, an der ein Muttergottesbild hängt, steht. Dort traf ich Artura. Ich bin ein neugieriger Mensch, also fragte ich sie, welche Bewandtnis es mit dem Bild hat. ›Glück und Unglück‹, sagte sie.« Moratz seufzte auf. »Ich kann mich nicht mehr genau erinnern, es dürfte aber mit ihrer Familie zusammenhängen. Neben der Kiefer stehen Bänke und ein Tisch. Wir setzten uns und redeten weiter. Sie glaube nicht an Religion, aber an die Natur und an Hexerei, weil die beiden verbunden seien. Das interessierte mich und sie erzählte schließlich, dass sie Stimmen aus dem Jenseits vernehmen könne. Wollen Sie noch einen Kaffee?«

Höfer nickte und reichte ihm die Tasse.

»Ich habe dann einige Seminare bei ihr besucht«, meinte er und hielt Höfer die dampfende Schale hin. »Leider konnte ich mit dem Jenseits nichts anfangen. Es blieb mir versperrt. Aber, wie das Leben so spielt, traf ich Freund Pafill. Auch Zufall, glaubte ich. Heute weiß ich, dass alles geplant war. Wer es sich ausdachte, war Zernato, ein hoher Repräsentant der Außerirdischen. Günther Pafill erkannte, Zernato und das Jenseits sind eine Person. An sich kamen die Außerirdischen in friedlicher Absicht, doch es dürfte etwas vorgefallen sein, das sie davon abbrachte. Nun wollen sie uns unterdrücken und nur mehr Zernato versucht, dem einen Riegel vorzuschieben. Dank ihm haben wir die Masken, die uns helfen, der Sklaverei zu entgehen.«

Höfer klatschte in die Hände.

»Bravo, gut gemacht. Aber ich brauche kein Geschwafel, keine Anfeuerungsreden, ich will die Wahrheit von Ihnen hören.«

»Aber das ist die Wahrheit«, rief Moratz.

»Kommen Sie, das können Sie den Leuten auf der Straße erzählen, aber nicht mir. Was ist mit der Gräfin, oder Artura, wie Sie sie nannten, geschehen? Warum wurde sie von Ihnen umgebracht? Nur, damit Sie sich als Arturo gebärden können? Beim Richter würde es einen guten Eindruck hinterlassen, wenn Sie gestehen.« Höfer sprach brutal und hart, so wie er früher die Diebe und Einbrecher behandelte.

Moratz war bleich geworden, seine Hände zitterten.

»Gauben Sie mir, ich habe mit dem Tod von Artura nichts zu tun. Sie selbst wollte, dass ich die Führung übernehme. Sie fühlte sich wegen ihres Alters nicht mehr in der Lage, Versammlungen abzuhalten.«

»Und das soll ich Ihnen glauben?«, brummte Höfer.

»Fragen Sie doch Ihre Zofe, die war damals dabei.«

»Sehen Sie, da haben wir das nächste Problem. Ihre Zeugin kann das nicht bestätigen«, meinte Höfer mit süffisantem Lächeln.

»Dann lügt sie! Ich schwöre, sie war dabei. Warum macht sie das? Wir hatten doch nie Differenzen.«

Bleicher kann Moratz nicht mehr werden, dachte Höfer.

»Ich meinte, sie kann Ihre Aussage nicht bestätigen, da sie ebenfalls ermordet wurde. Höchstens sie schwebt in höheren Sphären bei den Außerirdischen und teilt es mir auf telepathischem Weg mit.« Wieder konnte Höfer ein Grinsen nicht unterlassen.

»Hören Sie, ich weiß, es gibt viele skeptische Menschen, aber es ist Realität, dass es diese Aliens wirklich …«

In diesem Augenblick betrat Kerbl das Büro.

»Da komme ich ja zur Märchenstunde zurecht«, sagte er. »Herr Moratz, am liebsten würde ich Ihre Bude gleich versiegeln, aber darüber muss ich noch mit meinem Chef sprechen. Sie können sich aber gefasst machen, dass Sie wegen Vorspiegelung falscher Tatsachen und Betrug vor den Richter kommen, abgesehen vom Mord. Es nützt Ihnen auch nichts, wenn Sie in Ihrer Firma alles verschwinden lassen, ich habe bereits genügend Beweismittel gesammelt. Ein Geständnis würde sicher mildernd wirken.«

Moratz saß da und starrte vor sich hin. Überlegte er, zumindest ein Teilgeständnis abzulegen? Es sah danach aus. Er räusperte sich.

»Also gut! Ja! Die Geschichte mit den Masken habe ich erfunden, aber nur deshalb, da sich die Firma in einer finanziellen Krise befindet. Alle anderen Anschuldigungen weise ich auf das Schärfste zurück.« Er hielt Kerbl seine Arme hin.

»Das schenken wir uns. Aber Sie wissen ja, verlassen Sie nicht die Stadt, halten Sie sich zu unserer Verfügung.«

»Was ist eigentlich mit Ihrem Kompagnon, mit Herrn Pafill? Wie weit steckt er dabei drinnen? Es wäre gut, wenn er uns auf der Inspektion besuchen würde. Für ihn gilt Dasselbe wie für Sie. Richten Sie ihm das aus.« Höfer hätte ihn gerne gleich hier vernommen, aber weil er nicht zugegen war, blieb es bei dem Wunsch.

»Eines ist aber gewiss, meine Herren«, rief Moratz ihnen nach. »Die Außerirdischen gibt es wirklich.«

Kapitel 12

»Was meinen Sie?«, fragte Höfer Kerbl, als sie im Auto saßen. »Ist er ein so guter Schauspieler, oder glaubt er das wirklich?«

»Theaterkritiken sind nicht meine Stärke«, meinte Kerbl.

»Aber Außerirdische! Jeder vernünftige Mensch weiß, dass das ein Schwachsinn ist.« Höfer begann sich aufzuregen.

»Ich glaube, Goethe war es, der gesagt hat: ›Es gibt Dinge zwischen Himmel und Erden, die …‹«

»Kommen Sie mir jetzt nicht mit einem Uraltpoeten«, schrie Höfer. »Heute wissen wir weit mehr, als sich die damaligen Astrologen ausmalen konnten. Entschuldigen Sie, Kerbl, mein Nervenkostüm scheint an seinen Grenzen angelangt zu sein.« Höfer schwieg und stieß nach einiger Zeit einen langen Seufzer aus. »Wenigstens hat er das mit den Masken zugegeben. Wo haben Sie denn Ihre Beweise herbekommen? Waren Sie spionieren, haben Sie sich in die Halle geschlichen?«

»Viel einfacher.« Kerbl lachte. »Wenn Sie sich erinnern, die Frau, die eine Rauchpause machen wollte – die kenne ich zufällig, ist eine Freundin meiner Babsi. Mit der habe ich geredet, sie hat mir alles brühwarm erzählt.«

»Teufel auch! Wenn es nur immer so leicht wäre. Haben Sie nicht auch eine Bekannte, die den Mörder kennt?«

»Da muss ich passen. Es bleibt leider unsere Aufgabe, den Täter zu finden.«

»Ist vielleicht auch besser so, sonst wird uns noch langweilig. Bin gespannt, wie dieser Moratz weitermacht. Ob er wie bisher seine Versammlungen abhält, um den Rest der Masken zu verscherbeln, bevor wir ihm die Bude dichtmachen?«

»Möglich! Oder er gründet eine neue Partei«, lachte Kerbl.

»Da hätte ich einen tollen Namen«, witzelte Höfer weiter. »Die AA-Partei. Nicht, was Sie jetzt denken, Kerbl, ich meine Anti-Alien-Partei.«

»Ihre Witze waren auch schon mal besser«, meinte Kerbl.

»Mir ist noch nie ein Kalauer über die Lippen gekommen«, entrüstete sich Höfer.

*

Der unwiderstehliche Drang nach einem guten Kaffee überfiel Höfer, als sie bei der Inspektion anlangten. Dem folgte er gleich. Er musste ja nicht überall dabei sein, Chefinspektor Plesser sah es eh nicht gern, wenn er sich ständig hier herumtrieb, und Kerbl schaffte das Nötige sicher auch ohne ihn.

»Na, genug von der Mörderjagd?«, rief Uschi, als er eintrat, so laut, dass sich verschiedene Köpfe zu ihm hindrehten.

»Hast du sie noch alle?«, flüsterte er und fügte laut hinzu: »Du meinst Schnitzeljagd, richtig?«

»Pauli, mir geht das so auf die Nerven. Warum hast du keinen anständigen Beruf lernen können? Koch oder Gärtner? Nein, die Polizei musste es sein. Jedes Mal, wenn du unterwegs bist, stehe ich Todesängste aus. Denk doch ein wenig an mich.«

»Das mache ich doch die ganze Zeit, Uschi. Deshalb muss ich den Mörder fassen. Stell dir vor, du gehst im Wald spazieren, plötzlich steht der Mörder vor dir und will dir etwas antun. Das darf nicht geschehen, deswegen sind wir hinter ihm her.« Höfer schwieg und dann zog ein Lächeln über sein Gesicht. »Du willst, dass ich Koch werde? Ich kann dir sagen, dass ich dabei nicht über eine verbrannte Eierspeise hinauskäme. Und Gärtner? Soll ich wie unser Nachbar Nötig den ganzen Tag Blätter abzupfen? Da hättest du keine Freude mit mir.«

»Gut, dass du mich erinnerst. Der war heute kurz da.«

»Was treibt denn ihn aus seinem Garten?«

»Er lässt ausrichten, dass du bei den beiden Damen vorbeischauen sollst, sie haben angeblich sensationelle Neuigkeiten für dich.«

Höfer stöhnte auf.

»Die alten Weiber machen mich fertig. Den armen Nötig lassen sie reitenden Boten spielen, dabei hat eine von ihnen meine Telefonnummer.« Er lachte auf. »Naja, vielleicht ist es ganz gut, dass er den Kurier spielt. Dadurch halten sie Kontakt. Weißt du, Uschi, der Nötig ist ganz wild auf Heidi, die Weißhaarige, doch die will von ihm nichts wissen, während Gerti, die Grauhaarige, nichts gegen ihn einzuwenden hätte, er aber mit ihr nur über Gartenfragen diskutiert. Interessant, was bei den dreien schlussendlich herauskommt.«

»Pauli, bitte, alte Leute haben doch andere Bedürfnisse als wir. Dir geht wieder einmal die Fantasie durch.« Uschi tat entsetzt, doch sie lächelte dabei. »Was willst du? Im Augenblick gibt es aber nur zwei Auswahlmöglichkeiten – Bier oder Kaffee?«

Er entschloss sich zu einem Kaffee.

»Bin gespannt, was die Weiber mir auftischen. Verbrechen kennen sie ja nur aus Kriminalromanen. Ich hoffe aber, sie haben sich nicht auf etwas eingelassen, wo sie nicht mehr herauskommen. Ich habe es ihnen zwar verboten, aber du kennst ja das Sprichwort, Uschi: ›Die Weisheit ruht im Alter.‹ Blöder konnte man es anscheinend nicht formulieren.«

*

Ehe Höfer bei den beiden Frauen läutete, blickte er über den Gartenzaun. Es konnte ja sein, dass sich Gerti an die Direktiven von Nötig hielt und den ganzen Tag an Gebüsch und Gesträuch herumschnipselte, oder sein Nachbar ebenfalls Hand anlegte.

Er sah niemanden und fand, dass es für solche Arbeiten einfach zu kalt war.

Kaum hatte er geläutet, wurde schon die Türe aufgerissen. Heidi stand da, im Mantel, mit Hut und einer riesigen Einkaufstasche. Hinter ihr stand Gerti in der gleichen Ausstattung.

»Mit Ihnen haben wir nicht gerechnet, Herr Polizist. Wir müssen einkaufen gehen«, sagte Heidi.

»Oder Sie kommen mit. Dann könnten wir mit Ihrem Auto fahren und müssten nicht die schweren Taschen nach Hause schleppen«, meinte die praktische Gerti.

Der Einkauf mit den beiden vor einigen Tagen hatte ihm gereicht. Das wollte er nicht noch einmal erleben.

»Es tut mir unendlich leid, meine Damen, aber ich habe im Moment überhaupt keine Zeit. Mein Kollege und ich sind gerade auf eine heiße Spur gestoßen, die wir schnellstens weiterverfolgen müssen. Während Abteilungsinspektor Kerbl gerade mit seinem Chef darüber redet, bin ich rasch hergekommen, um Ihre Neuigkeiten zu erfahren. In ein, zwei Minuten haben Sie mir doch alles erzählt und können los.«

Gerti schien das nicht recht zu sein, aber Heidi deutete ihm, hereinzukommen. Kaum hatte sie die Türe geschlossen, begann sie zu reden.

»Wir sind zu einer Versammlung diese Aluhutträger gegangen.«

»Das sollten Sie doch nicht«, unterbrach Höfer. »Ist viel zu gefährlich.«

»Geh bitte! Wir sind also zum Bahnhofsplatz gegangen und haben es uns angehört. Wussten Sie, dass dort Schutzmasken verkauft werden, ganz billig, nur zwanzig Euro das Stück?«

»Ich hoffe, Sie haben keine gekauft, oder?«, erkundigte sich Höfer.

»Offen gesagt, wir haben überlegt, doch dann hat uns eine Frau davon abgehalten. Eine Lehrerin, die den jüngeren Mann auf der Bühne kannte. Schon damals, als er bei ihr in die Schule ging, hat er immer nur über den Weltraum und Aliens geredet. Er sollte Bücher schreiben, meinte sie, was aber sein grottenschlechtes Deutsch verhinderte. Ah ja, und der ältere Mann, der nach dem jungen redete, erzählte etwas von einem Freund bei den Außerirdischen und so weiter. Der soll übrigens Stoffhändler sein, ich meine, der ältere Mann.«

Höfer erinnerte die beiden nochmals, ja vorsichtig zu sein, denn mit Mördern sei nicht zu spaßen, ehe er sich höflich und dankend verabschiedete.

Hatte dieser Besuch etwas gebracht? Darüber sinnierte er, als er im Auto saß. Im Grunde ja, dachte er, es schien sich herauszukristallisieren, dass nicht Moratz, sondern dieser Pafill der eigentliche Drahtzieher war. Es wurde Zeit, dass er und Kerbl sich diesen Mann vornahmen.

Er startete schnell das Auto, ehe die Damen aus dem Haus kamen, sonst hätte er sie möglicherweise zum Supermarkt fahren müssen.

*

Als er den Wagen vor der Inspektion einparkte, fiel ihm ein, dass bei seinem Besuch in Uschis Kaffeehaus Otto nicht zu sehen war. Wo der sich in letzter Zeit herumtrieb? Er machte sich Sorgen um diesen einfältigen Mann. Möglich, dass Uschi etwas wusste. Er musste sie am Abend fragen. Oder sollte er sie gleich anrufen? Erledigt ist, was erledigt war. Er nahm sein Handy.

Es dauerte einige Zeit, bis sie abhob.

»Die Zeiten sind wirklich verrückt«, stöhnte sie. »Den halben Tag fadisiert man sich, weil niemand kommt, und dann wieder strömen Massen herein. Kannst du mir kurz helfen?«

»Uschi, ich bin am anderen Ende der Stadt«, log er unverfroren. »Bis ich bei dir bin, ist der ganze Zauber bereits vorbei. Kann dir nicht Otto helfen?«

»Der ist nicht da. Hab ihn schon länger nicht gesehen. Ich hoffe nur, dass ihm nichts geschehen ist.«

»Dann will ich dich nicht länger aufhalten. Bis zum Abend, tschüss!«

Er und servieren, oder Bier zapfen und die Kaffeemaschine bedienen. Höfer schüttelte sich. Nie im Leben würde er sich das antun. Sie wusste also auch nicht, wo sich Otto aufhielt. Das war nicht gut. In ihm keimte der Verdacht auf, dass es mit den Aluhutträgern zu tun haben könnte, da sich Otto von dem silbernen Zeugs sehr beeindruckt zeigte. Für diese Bande war er genau das Opferlamm, dem man alles in die Schuhe schieben konnte, wenn etwas Unvorhergesehenes geschah. Er musste ihn sich zur Brust nehmen. Aber jetzt war einmal Kerbl dran. Mit diesem Pafill mussten sie dringend reden.

*

Er stürmte in Kerbls Büro. Dieser saß an seinem Schreibtisch, die Beine hochgelagert und stierte versonnen auf die Zimmerdecke. Rothe war nicht zu entdecken.

»Schon wieder vergessen anzuklopfen, wenn man einen Raum betritt?«, ätzte Kerbl und nahm langsam die Beine von der Tischplatte.

»Wo ist denn Rothe?«, fragte Höfer.

»Anderwärtig beschäftigt«, meinte Kerbl knapp.

»So werden wir den Fall nie aufklären«, rief Höfer. »Was ist denn das für eine Teamarbeit, wenn immer wer fehlt?«

»Fragen Sie das Ihren Freund Plesser«, meinte Kerbl in gemütlichem Ton.

»Wenn ich nicht wäre, stünden Sie immer noch ohne Chance am Anfang der Ermittlungen«, redete sich Höfer in Rage. »Ich war gerade bei meinen Krimidamen. Die hatten einiges zu berichten.«

Er erzählte, was er von ihnen erfahren hatte.

»Meiner Meinung nach ist dieser Pafill der Kopf dieses Vereins und nicht Moratz. Wir müssen endlich die Adresse dieses Herrn herausbekommen, damit wir ihm ein wenig auf die Zehen steigen können.«

»Wenn Sie öfter im Büro wären und nicht immer in der Weltgeschichte herumgondelten, wüssten Sie es schon. Das Problem dabei ist, es gibt nur eine Adresse in Deutschland. Hier ist er nirgends gemeldet.«

»Oha!« Höfer schwieg.

»Es wird uns also nichts anderes übrig bleiben, als eine dieser Versammlungen zu besuchen. Obwohl ich das nicht gerne mache, Sie wissen ja, wie es Rothe dabei ergangen ist.«

»Mich kennen sie nicht. Also gehe ich alleine und Sie halten sich so lange im Hintergrund, bis ich mit diesem Pafill rede.«

»Sie vergessen, dass der Moratz Sie kennt. Ein kurzer Hinweis von ihm und dann möchte ich nicht in Ihrer Haut stecken.«

»Pah! Ich glaube, das Verlangen, mich anzugreifen, wird sich in Grenzen halten.«

Höfer stand auf und reckte sich. Mit seiner Größe und dem athletischen Körperbau sah er beeindruckend aus.

»Wenn Sie meinen. Ich bin aber nicht schuld, wenn wir Sie im Spital besuchen müssen.« Er machte eine kleine Pause und seufzte leise. »Jetzt brauchen wir nur noch Ort und Zeitpunkt der nächsten Versammlung.« Kerbl fühlte sich nicht ganz wohl bei dieser Angelegenheit.

»Das übernehme ich«, sagte Höfer.

»Wo wollen Sie denn herumfragen?«

»Nirgends. Das übernehmen meine Damen. Die gehen sowieso immer im Supermarkt einkaufen und dort werden meist die Zettel verteilt. Ich stelle mich doch nirgends hin und warte, dass mir jemand einen Wisch in die Hände drückt. Dafür hat man seine Vasallen.«

Kapitel 13

Zwei Tage später stand Höfer in einer dicht gedrängten Menschenmenge am Bahnhofsplatz, wo die Kundgebung stattfinden sollte. Das Podest, von dem die Redner sprechen sollten, war noch leer.

Eine Menge Leute hatten sich bereits eingefunden, standen in kleinen Grüppchen zusammen, unterhielten sich. Einige sprachen in gemäßigtem Plauderton, andere wieder schrien und lachten erwartungsvoll. Höfer hatte nicht gedacht, dass sich so viele Menschen für ein derart makabres Spektakel interessieren konnten.

Aus dem Lautsprecher ertönte ein Tusch und gleich darauf sprang ein Mann auf die Bühne. Das musste besagter Pafill sein.

Rasch wurde es still auf dem Platz.

»Freunde!«, tönte es aus dem Lautsprecher. »Es ist schön, dass ihr so zahlreich gekommen seid. Das zeigt, dass wir uns nicht unterkriegen lassen.«

Die Menge pflichtete johlend bei.

Ein junger Mann vor Höfer schrie: »America first!«

»Dann musst du aber über den großen Teich, Junge, hier ist Europa.«

Der Mann drehte sich wutentbrannt mit geballten Fäusten zu Höfer um. Als er sah, welchen Riesen er vor sich hatte, murmelte er: »Ich kann rufen, was ich will!«, und kehrte ihm wieder den Rücken zu.

Höfer musste schmunzeln, da erhielt er einen Schlag auf seinen Hinterkopf. Ein kurzer Schmerz durchzuckte ihn. Instinktiv griff er an die Stelle, wo er getroffen wurde. Wutentbrannt drehte er sich um. Hinter ihm stand eine ältere Frau, ihren Gehstock immer noch erhoben.

»Lassen Sie meinen Buben in Ruhe«, keifte sie. »Er kann sagen, was er für richtig hält.«

Was sollte er mit diesem Weib anfangen? Handgreiflich werden konnte er nicht.

»Sie wissen schon, dass Sie eben einen Polizisten geschlagen haben. Das kann Sie teuer zu stehen kommen. Angriff auf die Staatsgewalt wird mit bis zu fünf Jahren Arrest bestraft, Gnädigste.«

»Ich soll Ihnen eine übergebraten haben? Lieber Herr, ich glaube, Sie träumen.« Sie wandte sich an die umstehenden Menschen. »Habt ihr gesehen, dass ich den Herrn geschlagen habe?«

Allgemeines Kopfschütteln war die Antwort.

Höfer griff sich nochmals an den Hinterkopf, die Fingerspitzen waren rötlich. Der Schlag war doch härter gewesen, als er dachte.

»Und wo kommt dann das Blut her?«

»Was weiß denn ich, wo Sie sich vorher herumgetrieben haben? Ich war das nicht.«

Die Menge neben der Frau wurde unruhig. Zu viel Aufsehen war nicht gerade das, was Höfer wollte. Von Pafills Rede hatte er bis jetzt nichts mitbekommen. Er drängte sich an den Leuten vorbei, um an einem anderen Platz mitzuhören.

»… darf ich jetzt unseren Meister Arturo ankündigen. Einen riesigen Applaus für ihn.« Pafill verbeugte sich und trat in den Hintergrund.

Moratz trat auf, mit erhobenen Händen winkte er der Menge zu. »Liebe Freunde!«, rief er. »Es sieht ganz gut aus für unsere Erde. Dank meiner Verbindungen werden auf der ganzen Welt Masken verkauft, die sicheren Schutz vor Versklavung bieten. Ich richte also meinen Appell an euch, kauft sie euch, solange sie noch so billig sind. Es gibt nur eine bestimmte Menge dieses Spezialstoffes und ihr wollt doch nicht wie ein ferngesteuerter Hampelmann herumrennen, habe ich recht? Ich sehe gerade, dass sich anscheinend auch die Polizei dafür interessiert.« Er deutete in die Richtung, wo Höfer stand. »Natürlich haben wir auch für Sie Masken, aber billiger bekommen Sie diese nicht.«

Die Menge lachte und viele drehten sich zu Höfer um.

Es war also doch keine so gute Idee gewesen, sich hier unter die Massen zu begeben. Bevor einige nun versuchten, Rabatz zu machen, versuchte er sich an den Rand der Versammlung zu drängen. Ein Schlag auf den Kopf genügte ihm. Von dem weiteren Vortrag bekam er nichts mehr mit.

Irgendwo sollte sich doch Kerbl aufhalten. Aufmerksam ging er am Rand der Menschenmenge weiter.

Kerbl lehnte am Geländer, das den Mödling-Bach absicherte, hinter der Bühne. Höfer hoffte, dass er von der ganzen Szenerie, von dem beschämenden Attentat auf ihn nichts mitbekommen hatte. Doch die Stimmen aus dem Lautsprecher verstand man auch hier laut und deutlich.

»Sind Sie jetzt zufrieden? Da hätten wir ja auch gleich mit einem Großaufgebot an Polizisten anrücken können. Ich hoffe nur, dass sich Pafill nicht ungesehen aus dem Staub machen kann.«

»Es war einen Versuch wert«, rechtfertigte sich Höfer, obwohl er genau wusste, dass es nicht stimmte. Zugeben würde er das aber nie.

»Diesmal sind Sie gefragt, Kerbl«, meinte er optimistisch. »Stellen Sie sich neben die Bühne, so dass Sie sehen können, ob er versucht, vorne zwischen den Leuten zu verschwinden. Ich bleibe hier an der Rückseite. Wir bekommen ihn schon, glauben Sie mir.«

Kerbl sah um die Ecke. Neben der Bühne stand ein kleines Tischchen, ein Sessel und einige Kartons. Pafill saß mit einer

Handkassa da und verkaufte die silbernen Masken. Der Andrang war groß. Um ihn nicht aus den Augen zu verlieren, stellte er sich dicht zu den Schachteln. Pafill nahm ihn anscheinend aus dem Augenwinkel wahr.

»Hinten anstellen«, sagte er. »Es sind genügend Masken vorhanden, da muss man sich nicht vorschummeln.«

»Sicherheitsdienst!«, murmelte Kerbl. »Wir wollen doch nicht, dass Ihnen jemand in die Kasse greift.«

»Davon wusste ich nichts! Ist aber eine gute Idee. Hatte die Helmut? Das würde mich zwar wundern, aber andererseits auch nicht. Geld ist nun mal Geld, das gibt man nicht leichtfertig her. Also passen Sie schön auf, obwohl hier doch lauter anständige Menschen stehen.«

»Wer weiß das schon?«, sagte Kerbl und Pafill widmete sich wieder seinen Kunden.

Langsam wurde der Andrang geringer. Der Platz leerte sich allmählich. Nur vereinzelt standen plaudernd einige kleine Grüppchen und schwenkten ihre Masken in der Hand.

Doch es dauerte noch, bis die letzte Frau glücklich mit ihrem Schutz gegen die Aliens abzog. Pafill griff nochmals in die Kiste und hielt Kerbl eine Maske hin.

»Für Sie! Wir brauchen ja weiterhin Schutz von Ihnen. Kenne ich Sie nicht?«

»Ich brauche das Zeug nicht«, lehnte Kerbl ab. »Was ich will, sind Sie! Kriminalpolizei!«

Pafill sprang auf, kippte den Tisch Richtung Kerbl und versuchte, auf die andere Seite zu flüchten. Doch dort stand Höfer.

»Na, na, Herr Pafill, wohin des Weges? Noch dazu mit der Handkassa. Das sieht gar nicht gut aus. Denken Sie an Ihren Kompagnon, der das Geld sicher dringend braucht. Wir wollen eigentlich nur mit Ihnen reden, doch Sie machen es uns verdammt schwer, Sie nicht für verdächtig zu halten.«

Kerbl war inzwischen herangekommen.

»Wofür denn?«, schrie Pafill. »Dass ich für einen Freund Masken verkaufe? Das ist doch lächerlich.«

»Es ist Betrug und das wissen Sie ganz genau. Wo ist denn Ihr Freund Moratz? Er hat sich anscheinend unsichtbar gemacht, oder haben ihn die Außerirdischen abgeholt?«, spottete Kerbl.

Tatsächlich war Moratz nirgends zu sehen.

»Herr Pafill, wir können uns hier unterhalten, oder wir müssen mit Ihnen auf die Inspektion«, mischte sich Höfer ein.

Einige Leute, die noch herumstanden, blickten zur Bühne, doch Aufregendes war für sie nicht zu erkennen.

Pafill sah genervt in die Runde und deutete dann zu dem Podest.

»Hier vielleicht? Stehen ist nicht gut für meinen Kreislauf.«

»Dann ist es ja gut, wenn Sie ein wenig einsitzen«, meinte Höfer süffisant.

»Was soll denn das heißen?«, regte sich Pafill auf.

»Wenn Sie die Morde gleich gestehen, wirkt sich das sicher auf die Anzahl der Jahre aus«, bluffte Kerbl.

»Was für Morde? Sind Sie verrückt geworden?«, schrie Pafill.

Er war kreidebleich geworden, seine Hände zitterten so stark, dass er sich am Podium anklammern musste. Konnte man das als Schuldeingeständnis werten? Höfer war sich nicht sicher.

»Die Morde an der Gräfin und ihrer Zofe«, sagte Kerbl mit Nachdruck. »Geben Sie es zu, das erspart uns eine Menge Arbeit.«

»Ihnen haben die Außerirdischen ins Hirn geschissen!«, schrie Pafill erregt. »Weshalb sollte ich denn Artura ermorden?«

»Um selbst der Boss, der Arturo, zu werden?« Höfer versuchte den Druck zu erhöhen. »Sie und Ihr Komplize, Herr Moratz, haben Ihre Chefin ausgebootet, die Zofe ist euch draufgekommen, also musste auch sie weg. Um das Ganze so geheimnisvoll als möglich zu machen, legten Sie die Leichen unter einem Heiligenbild ab. Nur, was das Symbol der drei Affen, nichts sehen, nichts reden, nichts hören, dabei zu bedeuten hat, ist mir nicht ganz klar.«

»Mir sind Ihre ganzen Anschuldigungen nicht klar. Hören Sie, weder ich noch Helmut haben mit den Morden etwas zu tun. Wir haben durch den Tod von Artura sogar einen großen Schaden erlitten. Sie konnte die Menschen weit besser begeistern, als es Helmut je zusammenbringen wird. Gut, ich gebe zu, dass wir etwas in Szene gesetzt haben, das uns ein kleines Taschengeld einbringt. Mit einem Wort, die Aliens, die uns bedrohen, sind erfunden. Aber betrachten Sie doch einmal in der Nacht den Himmel. Millionen, Abermillionen Sterne. Es wäre doch eine Verschwendung, wenn wir die einzigen lebendigen Wesen in diesem Universum wären. Daran glaube ich nicht, das ist für mich unvorstellbar.«

»Darüber müssten wir uns einmal mit unserem Herrgott unterhalten«, sagte Kerbl grübelnd. »Ich denke aber nicht, dass wir eine Antwort erhielten.«

*

Einigermaßen nachdenklich gingen Höfer und Kerbl zur Inspektion zurück.

»Was meinen Sie? Ist diesen Herrschaften zu trauen? Sie haben mit so viel Fantasie ihr Theater mit den Aliens aufgezogen. Von wegen kleines Taschengeld, wie Pafill behauptet, da ist sicher mehr drinnen, vor allem, wenn man die Versammlungen auf ganz Österreich ausweitet. Die Leute sind durch Corona sowieso verunsichert, wenn man behauptet, dass nicht die Chinesen, sondern Außerirdische das Virus in die Welt gesetzt haben, verdient man mit den besonderen Masken Millionen. Verschwörungstheorien haben derzeit eh Hochkonjunktur. Vielleicht wollte die Gräfin dabei nicht mehr mitspielen und deshalb musste sie weg.«

»Ich weiß nicht«, sagte Höfer und kratzte sich am Kopf. »Bei diesen Morden ist so viel Aufwand betrieben worden. Die Frauen wurden ja nicht am Auffindungsort, sondern wo anders getötet. Dann musste man sie zu dem Heiligenbild bringen, ihnen dort Augen, Ohren und Zunge entfernen. Das hat doch mit Symbolik zu tun und nicht mit Außerirdischen.«

»Sie glauben also, dass die beiden nichts mit den Morden zu tun haben?«, fragte Kerbl verzweifelt.

»Ich kann es mir kaum vorstellen. Meiner Meinung nach sind sie verrückte Spinner, die sich zufällig getroffen haben und gemeinsam auf diese Schmierenkomödie gekommen sind, der eine aus finanziellen Gründen, da er seinen Silberstoff loswerden wollte, der andere, weil er für Utopien schwärmt. Was sie mit der Gräfin verbindet, sollten wir noch genauer untersuchen. Ich glaube, Rothe ist dafür der geeignete Mann, wenn ihn nicht Plesser wieder in Beschlag nimmt.« Höfer lachte laut auf. »Wir beide haben das Vergnügen, zum Ausgangspunkt zurückzukehren und neu zu beginnen.«

»Ich finde das nicht lustig«, sagte Kerbl. »Wir hätten die beiden so lange verhören und beknien sollen, bis sie alles zugeben, auch wenn sie es nicht waren.«

»Wo bleibt denn Ihre Polizistenehre, Kerbl«, rief Höfer und rieb seine Schläfe. »Obwohl ich zugeben muss, dass ich es einige Male genauso gemacht habe. Aber das war bei Einbruch oder Diebstahl, nicht bei Mord. Die Kerle waren meistens froh, wenn sie wieder im Kittchen gesessen sind, da hatten sie wenigstens ein Bett und genügend zu essen.«

Bei der Inspektion angekommen, gingen sie unverzüglich in Kerbls Büro. Rothe war verschwunden.

»Das fängt ja gut an«, rief Kerbl verärgert. »Also, Herr Major, wo beginnen wir?«

»Am Anfang! Also beim Auffinden der Leiche. Haben wir, hat die Spusi etwas übersehen?«

»Kann ich mir nicht vorstellen. Max und seine Truppe sind erfahrene Leute, denen entgeht so gut wie nichts. Wenn sie und wir keinen Anhaltspunkt gefunden haben, dann ist der nicht vorhanden.«

»Etwas muss es aber geben«, murmelte Höfer.

»Sie haben doch vorhin von Symbolik gesprochen, Herr Major. Könnte es nicht sein, dass dieses Muttergottesbild und der Jagdunfall vor hundert Jahren damit zusammenhängen?«

»Das ist es!« Höfer schlug auf die Tischplatte. »Rache für den Verlust des Begleiters vom Grafen. Gratuliere, Kerbl!«

»Ja, aber warum erst nach so langer Zeit? Man hätte den Grafen doch gleich damals erschießen oder erstechen können.«

»Da haben Sie auch wieder recht. Wir müssen noch einmal ins Museum und in die Kirche. Vielleicht bekommen wir doch den Namen des damals Verunfallten heraus.«

»Ihr Wort in Gottes Ohr, Herr Major!« Kerbl seufzte.

»Für heute ist es genug. Ich gehe jetzt auf einen Kaffee. Kommen Sie doch mit, Kerbl.« Höfer machte eine einladende Geste.

»Vielen Dank, aber – ich habe mich so an den Kaffee hier gewöhnt, da bekomme ich sicher einen halben Herzinfarkt, wenn ich einen bei Ihrer Freundin trinke. Ich werde Babsi besuchen.«

»Ah ja, wir sollten uns einmal alle treffen, damit wir uns näher kennenlernen. Was meinen Sie, Kerbl?«

»Ihre Freundin kenne ich bereits, weiß nicht mehr, woher. Sie kann eine sehr resolute Person sein, wenn ich mich recht erinnere.«

»Nun ja, wenn ihr etwas gegen den Strich läuft, kann sie schon aufbegehren, aber das ist schnell wieder vorbei. Kleine Meinungsverschiedenheiten beim Zusammenleben ergeben doch erst das Salz in der Suppe, Kerbl.« Höfer wollte über Uschi nichts kommen lassen, er sprühte Optimismus aus.

Kerbl merkte Höfers Enttäuschung und machte eine kleine Kehrtwendung.

»Wir machen ein Treffen, Herr Major, aber erst, wenn die Morde aufgeklärt sind. Denn das ist ein Grund zum Feiern.«

Höfer schien damit zufrieden zu sein und verabschiedete sich. Weit hatte er es ja nicht zu Uschis Lokal. Sie würde sich sicher freuen, ihn einmal untertags zu sehen.

»Was machst denn du da?«, rief Uschi verärgert, als er eintrat. »Kommst auch nur her, weil dir der Kaffee bei der Polizei nicht schmeckt.«

Oje, was war ihr denn für eine Laus über die Leber gelaufen? Er blickte sich im Lokal um. Nur zwei Herren saßen an ihren Tischen, jeder eine kleine Tasse Mokka vor sich, und lasen Zeitung. Das wahrscheinlich schon einige Stunden. Der Geschäftsgang war eindeutig schon besser gewesen. Kein Wunder, dass ihr das auf den Magen drückte.

»Ich hatte einfach Sehnsucht nach dir, Uschi, habe Ermittlung Ermittlung sein lassen, um dich zu besuchen. Ich bleibe da, bis du zusperrst. Der Mörder kann mir heute gestohlen bleiben.«

»Das ist lieb von dir, Pauli.« Uschi bleckte aber nur die Zähne. »Aber wenn es so weitergeht, kann ich bald für immer zusperren.«

»Das wird schon wieder, Uschi, wirst sehen. Es gibt eben Tage, da vergraben sich alle zu Hause. Das halten sie aber nicht lange aus. Dann rennen sie dir wieder die Bude ein. Mich wundert nur, dass nicht einmal Otto da ist.«

»Otto? Der war kurz hier, nur um mir zu sagen, dass er stinksauer auf dich ist. Stimmt es, dass du seine Idole und Heilsbringer verhaftet hast?«

»Nein! Ich kann das doch nicht und Kollege Kerbl hat es auch nicht getan. Wir haben ihnen nur klar gemacht, dass sie so nicht weitermachen können. Uns haben sie auch gestanden, dass es keine Aliens gibt und sie nur Geld machen wollten. Sie kommen wegen Betrügerei vor Gericht. Aber das ist Kerbls Angelegenheit. Wenn Otto einen neuen Heilsbringer braucht, muss er in die Kirche gehen, das kannst du ihm sagen. Auf mich braucht er deswegen nicht böse sein.«

Uschi begann schallend zu lachen.

»Ihr habt die zwei Macher tatsächlich überführt? Nichts ist es mit Außerirdischen? Wir brauchen keine Aluhüte, keine silbernen Masken?«

»Ja, Uschi, alles nur Theater, weil einer der beiden auf hunderten Metern Silberstoff sitzengeblieben ist. Der andere, der die Aliens ins Spiel gebracht hat, ist aber tatsächlich überzeugt, dass wir nicht alleine im Weltall leben, und da kann er sogar recht haben, das glaube sogar ich.«

»Oje, oje, wie soll ich das nur Otto erklären?«, lachte sie.

»Ein schwieriges Unterfangen«, grinste auch Höfer. »Was ist, wenn du ihm erklärst, dass dir ein Engel erschienen ist, der dir erzählt hat, dass auf fernen Planeten auch Menschen leben, die uns aber in Ruhe lassen wollen.«

»Versuchen kann ich es ja. Hoffentlich glaubt er diese Lüge.«

Kapitel 14

Voll Schwung und Elan betrat Höfer am nächsten Tag Kerbls Büro. Ein kurzer Blick genügte, um zu erkennen, dass Rothe noch immer nicht da war.

»Also, Kerbl, mit wem beginnen wir?« Optimismus schwang in seiner Stimme.

»Wie kann man an so einem Tag nur derartig vergnügt sein«, murmelte Kerbl.

Angenehm begann der Morgen sicher nicht. Nebelschwaden und kühle feuchte Luft hüllten die Stadt ein.

»Ich bitte Sie, Kerbl. Der richtige Tag, um sich in Archiven zu vergraben. Wo beginnen wir? Kirche oder Museum?«

»Im Museum werden wir nicht viel Glück haben. Sie haben doch erzählt, dass der junge Mann keinen Namen des damals Getöteten eruieren konnte. Glauben Sie wirklich, dass wir mehr Erfolg hätten?«

Höfer hüstelte. »Naja, daran habe ich nicht gedacht. Gut, dann statten wir dem Pfarrer einen Besuch ab.«

»Ich fürchte nur, dass er, so wie er sich bis jetzt Ihnen gegenüber verhalten hat, kaum gestatten wird, dass wir in seinen alten Büchern herumstöbern.«

»Dann besorgen wir uns eben einen Durchsuchungsbeschluss.«

»Mit welcher Begründung?«, lachte Kerbl. »Das können Sie vergessen. Bekommen wir nie.«

»Der Mörder kann sich also die Hände reiben, wir haben keine Chance, ihn zu überführen. Ist das Gerechtigkeit?«, schrie Höfer.

»Warten Sie, Herr Major. Mir fällt gerade etwas ein.« Kerbl versuchte, den aufgeregten Höfer zu beruhigen. »Ahnenforschung! Ein neuer Trend. Jeder versucht, seine Vorfahren ausfindig zu machen. Ich habe das irgendwo gelesen oder gehört. Die Kirche hat Aufzeichnungen über Geburten, Hochzeiten und Todesfälle, und das schon seit Jahrhunderten. Da kann man nach Verwandtschaft suchen. Ich fürchte nur, diesen Schmäh können wir beim Pfarrer nicht anbringen. Und dann noch etwas – können Sie alte Schriften lesen? Ich nicht!«

»Verdammt!« Höfer hieb mit der Faust auf die Tischplatte. »Das bringt uns auch nicht weiter.« Er knirschte mit den Zähnen, doch dann begannen seine Augen zu leuchten. »Doch! Ich hab es! Der Doktorand aus dem Museum. Der gibt sich beim Pfarrer als Forscher aus, der die Ahnen eines Klienten sucht. Da kann der Priester nichts dagegen haben.«

»Aber möglicherweise der Museumsdirektor. Schließlich ist der Mann bei ihm angestellt.«

»Dann müssen wir ihn halt ein wenig in die Zwicke nehmen. Mach gerne ich. Mir fällt schon was ein.«

*

Zur Sicherheit rief Höfer im Museum an, ob der Direktor zugegen sei.

»Wo soll ich mich denn sonst aufhalten?«, knurrte der, als sie verbunden waren.

»Naja, vielleicht im Wald?«, fragte Höfer hinterhältig.

»Hören Sie, wie oft soll ich Ihnen noch sagen, dass ich nie dort hinkomme, nicht die geringste Lust habe, auch nur einen Schritt in diese Gegend zu unternehmen?«

Höfer glaubte, Panik in seiner Stimme zu vernehmen.

»Dabei ist die Luft dort doch so gesund«, stichelte er weiter.

»Darauf pfeif ich«, schrie der Direktor.

»Beruhigen Sie sich«, ruderte Höfer zurück. »Ich komme jetzt zu Ihnen ins Büro. Wir müssen etwas besprechen.«

»Aber bitte bald. Ich muss dann weg.« Sein Ton war ungehalten.

In den Wald?, wollte Höfer antworten, ließ es aber.

Die wenigen Schritte zum Museum waren schnell geschafft, der Direktor wartete schon ungeduldig.

»Setzen Sie sich«, sagte er. »Was brauchen Sie denn noch? Wir, also Pepi, hat Ihnen doch schon alles, was mit der Gräfin zu tun hat, erzählt. Mehr ist bei uns nicht zu finden.«

»Ich versuche einige Unklarheiten zu beseitigen. Zum Beispiel Ihre Aversion gegen den Wald. Besteht die deshalb, weil Sie die Gräfin und ihre Tochter ermordet haben und Sie sich nicht mehr daran erinnern wollen?«

»Das ist eine Frechheit«, schrie der Direktor. »Das muss ich mir nicht bieten lassen.«

»Gibt es eine andere Erklärung dafür?«, säuselte Höfer.

»Das geht Sie nichts an.«

Höfer schwieg und starrte ihn an.

»Es hat mit meiner Kindheit zu tun«, flüsterte der Direktor nach kurzer Zeit.Höfer starrte weiter.

»Ich war alleine im Wald und spielte Winnetou, plötzlich raschelte es und eine Wildsau mit Frischlingen erschien aus dem Gebüsch. Ich stand wie festgewurzelt da, konnte mich nicht rühren. Das war mein Glück, denn nachdem sie mich einige Zeit bewittert hatte, drehte sie um und verschwand mit ihren Kindern im Dickicht. Ich habe noch nie jemandem davon erzählt und das sollte auch so bleiben.«

»Ich bin ein sehr verschwiegener Mensch, Herr Direktor«, sagte Höfer. »Nun meine winzige Bitte, weswegen ich zu Ihnen gekommen bin. Ich möchte Ihren Pepi ausleihen, um den Mordfall endlich klären zu können. Diesen kleinen Dienst werden Sie mir doch erweisen? Oder soll ich doch bekanntgeben …«

»Nein, nein, Sie bekommen ihn, aber bitte nicht zu lange.«

»Wunderbar!«, rief Höfer. »Ich hoffe, wir werden ihn nur kurz beanspruchen. Es kommt einfach darauf an, wie schnell er die von mir benötigten Daten findet.« Höfer stand auf und reichte ihm seine Hand. »Ihr Geheimnis wird behütet bleiben, Herr Direktor!«, fügte er noch rasch hinzu.

*

»Weißt du, was mich wundert, Gerti?«, sagte Heidi, als sie nach ihrem Einkauf aus dem Supermarkt kamen. »Wo sind diese silbernen Narren hingekommen, die uns hier immer mit ihren Zetteln bedrängt haben? Gibt es keine Versammlungen mehr? Haben sich die Außerirdischen vertschüsst und wir sind wieder sicher, abgesehen von Corona?«

Gerti seufzte und stellte ihre Einkaufstasche nieder.

»Du weißt doch, was uns diese Frau erzählt hat, als wir bei dieser Versammlung waren. Reine Geschäftemacherei. Ist doch möglich, dass man sie bereits verhaftet hat. Denk nicht mehr daran, schauen wir lieber, dass wir unsere Tiefkühlsachen schnell nach Hause bringen.«

Sie bückte sich nach ihrer Tasche, als Heidi aufschrie und nach ihrer Hand griff.

»Du, da drüben steht einer. Mit so einem komischen Hut. Ich bilde mir ein, der ist damals bei der Versammlung auch herumgeschlichen. Der große Kopf, die riesigen Augen, unheimlich! Sieht aus wie ein Mörder.«

»Also wirklich, Heidi, du bekommst jetzt von mir Krimiverbot«, lachte Gerti. »Überall siehst du Mörder herumlaufen. Aber wenn du willst, merke dir sein Gesicht und erzähle es deinem Polizisten. Du wirst ja sehen, wie er darüber lacht. So, und jetzt packe endlich deine Tasche, sonst rinnen uns die gefrorenen Sachen noch heraus.«

»Er ist nicht mein Polizist«, meckerte Heidi.

»Weißt du was«, meinte Gerti versöhnlich auf halber Strecke zu ihrem Haus, »vielleicht sollten wir den Mann wirklich dem netten Polizisten beschreiben. Wenn ich an den irren, blöden Gesichtsausdruck von dem Mann denke, Mörder sind ja immer blöd. Es könnte doch sein, dass uns der nette Nachbar von ihm wieder besucht. Ich hätte eh noch einige Fragen wegen des Gartens an ihn. Der könnte ihm dann einen Zettel an die Türe hängen.«

»Ich mag diesen Nachbarn nicht. Wie der mich immer anglotzt. Ich habe doch schon einmal gesagt, dass ich ihn dir schenke«, knurrte Heidi.

*

Es klopfte an Kerbls Bürotüre.

»Josef Kraus!«, sagte der Mann, der eintrat. »Sie wollten mich sprechen?«

»Ah ja!«, rief Höfer und sprang auf. »Wir haben Sie schon sehnlichst erwartet. Setzen Sie sich.«

Er fegte einige Akten von einem Sessel.

»Ich bin unschuldig!«, lächelte Kraus.

»Wer weiß das schon«, meinte Höfer kryptisch. »Nein. Genug der Scherze. Kollege Kerbl und ich haben eine große Bitte an Sie.«

Dann erklärte er ihm ihre Vermutung, dass der Mord an der Gräfin und ihrer Tochter unter Umständen mit dem Tod des namenlosen Begleiters des Grafen vor hundert Jahren zusammenhing.

»Inspektor Kerbl hatte die Idee, dass in den Kirchenaufzeichnungen möglicherweise der Name dieses Mannes aufscheint. Da wir diese alten Schriften nicht lesen können, habe ich an Sie gedacht. Könnten Sie das für uns übernehmen?«

Kraus' Augen begannen zu leuchten, er strahlte übers ganze Gesicht.

»Matrikeln durcharbeiten wollte ich immer schon einmal«, rief er freudig. »Da bin ich selbstverständlich dabei. Wann kann ich anfangen?«

Das müsse er sich mit dem Pfarrer ausmachen, meinte Höfer.

»Aber bitte kein Wort von der Polizei. Sie werden sich als Ahnenforscher vorstellen, der für jemanden Vorfahren sucht.«

»Wie Sie wollen«, rief Pepi Kraus. »Ich bin überzeugt, ich finde den Namen. Dann mache ich mich gleich auf den Weg. Das Ergebnis bringe ich Ihnen so schnell als möglich.«

Pepi stand auf und eilte zur Türe. Kurz blieb er nochmals stehen und drehte sich um.

»Sagen Sie, wie haben Sie den Direktor dazu gebracht, dass er mich freigibt?«

»Wir haben da so unsere Tricks«, lachte Höfer.

*

Höfers Handy läutete. Er meldete sich.

»Lieber Herr Polizist, kommen Sie bei uns vorbei? Wir müssen Ihnen etwas Interessantes erzählen.« Das war doch eine der beiden alten Weiber.

»Haben Sie schon wieder eine Leiche gefunden?«, erkundigte er sich süffisant.

»Um Gottes willen, nein.« Es schien Frau Heidi zu sein, die anrief. »Aber ich denke, dass es mit den Morden zu tun hat.«

»Ich komme!«, rief Höfer. In der Inspektion hatte er ohnehin nichts zu tun.

Bald darauf stand er vor ihrem Haus und läutete. Heidi riss die Türe weit auf.

»Gerti und ich haben gestritten, ob wir nicht einen Spaziergang zu Ihrem Haus machen sollen, um Ihnen eine Nachricht an die Türe zu hängen. Gerti wollte warten, ob nicht doch Ihr Nachbar bei uns vorbeischaut, aber der hat sich bis jetzt nicht blicken lassen. Deswegen hab ich Sie angerufen«, plapperte sie gleich los.

»Gerti!«, rief sie und führte ihn ins Wohnzimmer. »Haben wir noch Kuchen?«

»Bitte keine Umstände«, brummte Höfer, dem vor ihren Backkünsten graute.

»Seltsam, das mit Ihrem Nachbarn. Sie wissen doch, was mit alten Leuten geschehen kann. Plötzlich fällt man um und ist zum Erstaunen aller tot«, sagte Gerti.

»Malen Sie nicht den Teufel an die Wand«, rief Höfer.

»Ist auch nicht so wichtig«, meinte Heidi. »Sie sind da und wir können Ihnen unser Erlebnis erzählen. Ich mache uns nur schnell einen Kaffee.«

Während Heidi in die Küche eilte, machte sich Gerti weiterhin Sorgen um seinen Nachbarn, Herrn Nötig.

»Ich werde anschließend gleich zu ihm fahren und ihm über Ihre Beschwerde berichten«, versprach Höfer.

»Das werden Sie nicht tun«, rief Gerti. »Ich möchte nur wissen, ob es ihm eh gut geht.«

Heidi kam mit schepperndem Geschirrtablett herein.

»Ein kleines Stückchen Kuchen habe ich noch gefunden«, sagte sie. »Groß genug für unseren Ehrengast.«

Höfer hob abwehrend die Hand.

»Bitte nicht für mich. Ich mache gerade eine strenge Diätkur«, erklärte er. »Ich brauche das. Sonst verwandeln sich meine Muskeln schnell in Fett und das ist für einen Polizisten nicht vorteilhaft.«

»Also ich kenne genügend fette Polizisten«, meinte Gerti.

»Für einen, der immer Mördern nachjagt, ist es keine gute Idee«, antwortete er.

»Apropos Mörder!«, sagte Heidi, während sie Kaffee einschenkte. »Wir haben beim Einkauf einen Mann gesehen, der unheimlich aussah. Ihm würden wir die Morde zutrauen.«

Dann erzählte sie ihm von der Beobachtung, die sie gemacht haben, und Gerti nickte zustimmend.

»Können Sie ihn detaillierter beschreiben? Groß, klein, dick, dünn? Große Augen und dummes Aussehen ist mir zu wenig.«

Heidi konzentrierte sich und gab eine passable Beschreibung von sich.

»Otto?« Höfer musste grinsen. »Meine Damen, da sind Sie am falschen Dampfer. Otto ist der harmloseste Mann, den Sie sich vorstellen können. Aber danke, dass Sie so aufmerksam sind. Menschen wie Sie bräuchten wir mehr. So, jetzt trinken wir unseren Kaffee aus und ich fahre bei Nötig vorbei.«

»Wollen Sie nicht doch den Kuchen?« Heidi war unbelehrbar.

Kapitel 15

Seit zwei Tagen langweilte sich Höfer. Neue Erkenntnisse gab es nicht, obwohl er stundenlang zu Hause grübelte. Auf die Inspektion ging er nicht. Dort herumzusitzen und Kerbl auf die Nerven zu gehen, der genügend andere Arbeit hatte, war nicht nach seinem Geschmack.

Wenn er es daheim nicht mehr aushielt, machte er einen Spaziergang zu Uschi, was sie immer freute, aber seine Laune auch nicht besserte.

Nach vielen Tagen mit wenigen Gästen war ihr Café wieder gut besucht. Auch das störte ihn, denn sie hatte kaum Zeit, sich mit ihm zu unterhalten.

Nicht einmal Otto kam zur Türe herein oder saß in seiner Ecke. Doch reden hätte er mit ihm ohnehin nicht können, Otto hatte zu viel Angst vor ihm, war außerdem beleidigt, da er und Kerbl die Initiatoren der Silberhüte mehr oder weniger aus dem Verkehr gezogen hatten. Er hoffte nur, dass Otto sich nicht zu etwas überreden ließ, was ihn mit dem Gesetz in Konflikt brachte.

»Morgen gehe ich wieder zu Kerbl«, brummte er, als sie am Abend nach Hause gingen. »Wir müssen etwas übersehen haben, ich habe zwar keine Ahnung, was, aber ich muss mit ihm gemeinsam alles noch einmal durchgehen. Das gibt es doch nicht, dass wir keinen Anhaltspunkt finden.«

»Denk nicht so viel darüber nach«, sagte Uschi sanft. »Du wirst sehen, wenn du dir keine Gedanken machst, fällt dir plötzlich ein, was du vergessen hast.«

»Das ist auch nur eine Phrase«, knurrte er.
»Aber sie wirkt!«, behauptete sie.

*

»Da schau her, der Herr lässt sich auch wieder einmal blicken«, rief Kerbl, als Höfer am nächsten Vormittag sein Büro betrat.

Das Anklopfen hatte er sich wieder einmal erspart, aber daran hatte sich der Inspektor anscheinend schon gewöhnt.

Auf Kerbls Schreibtisch türmten sich Aktenstapel, links unerledigte, rechts die bearbeiteten.

»Haben Sie nichts Besseres zu tun, als Ihre Ordner von links nach rechts zu stapeln?«, knurrte Höfer. »Was kommt nachher? Die Akte wieder von rechts nach links? Kerbl, wir müssen die beiden Morde noch einmal durchgehen. Irgendetwas haben wir übersehen, wenn ich auch nicht weiß, was. Kommen Sie, schmeißen Sie die Akte in den Mistkübel.«

»Herr Major, Sie wissen gar nicht, wie gerne ich das machen würde, aber ich fürchte, Chefinspektor Plesser hätte damit keine Freude.«

»Pah! Darum habe ich mich nie gekümmert. Dafür waren immer meine Federfuchser zuständig. Wofür haben Sie denn Rothe?«

Höfer blickte sich um. Der Adjutant war nicht im Zimmer.

»Plesser hat ihn wieder wo anders eingesetzt«, seufzte Kerbl und schmiss die Stapel neben sich auf den Fußboden. »Sie haben recht, ein kleines Indiz müssen wir übersehen haben. Setzen Sie sich doch, Herr Major, im Stehen kann man nicht richtig denken.«

Höfer ließ sich ächzend nieder. In den letzten Tagen war er viel zu viel gesessen, er hoffte, dass seine Hinterbacken eine stundenlange Debatte aushielten.

»Also ganz von vorne«, begann er. »Ich machte mit Uschi

einen morgendlichen Spaziergang im Wald, wir kamen zu der Föhre mit dem Heiligenbild und sahen dort eine Frau knien. Ha! …«

Ihm war gerade etwas aufgefallen. »Die Spurensicherung – hat die keine Reifenspuren gefunden? Ich kann mir nicht vorstellen, dass der Mörder sein Opfer huckepack in den Wald getragen hat. Er muss das mit einem Auto gemacht haben. Wahrscheinlich ein geländegängiges Fahrzeug. So ein Vehikel hinterlässt doch Spuren.«

Kerbl studierte bereits den Bericht der Spusi.

»Nichts!«, sagte er. »Was aber auch kein Wunder ist. Auf der Forststraße fahren immer wieder Lastwägen und Traktoren, zusätzlich die Autos der Jägerschaft. Aufgrund der Kälte war es auch nicht matschig, es gab also keine Chance, etwas zu finden.«

»Verdammt! Das Wetter war also auch nicht auf unserer Seite«, brummte Höfer. »Na gut, machen wir weiter. Uschi ist zusammengebrochen und ich …«

Es klopfte an der Türe. Ein Kopf sah herein.

»Herr Kraus, herein in die gute Stube«, rief Höfer. »Mit Ihnen haben wir nicht gerechnet. Haben Sie schon etwas gefunden?«

Beflissen räumte er einen Stuhl ab. »Setzen Sie sich. Gibt es ein Erfolgserlebnis?«

Josef Kraus war so einen überschwänglichen Empfang nicht gewohnt. Er begann übers ganze Gesicht zu strahlen.

»Ich bin Ihnen so dankbar, dass Sie mir das ermöglicht haben«, sagte er und wischte über seine Augen. »Wahre Schätze sind in diesen Matrikeln vergraben. Am liebsten würde ich noch Monate dort verbringen. Aber Sie wissen ja, der Museumsdirektor …«

»Ja, ja! Haben Sie etwas gefunden?«, unterbrach Höfer barsch.

»Natürlich, sonst wäre ich nicht gekommen.« Kraus zog einen Zettel aus seiner Tasche. »Also, der Mann, der den Wildschweinen zum Opfer fiel, wurde Achtzehneinundachtzig geboren …«

»Hören Sie, das interessiert uns im Augenblick nicht. Wir wollen nur den Namen wissen«, knurrte Höfer ungeduldig.

Kraus war ein wenig irritiert. Er hätte gerne mit seinem Wissen geprotzt.

»Äh, selbstverständlich. Entschuldigen Sie, aber als Wissenschaftler ist man von diesen Daten so fasziniert, dass ich nicht daran gedacht habe, dass es für Sie um einen Mörder geht. Äh, der Name dieses Toten lautet Holzner.«

»Wunderbar. Damit können wir sicher etwas anfangen«, meldete sich Kerbl zu Wort. »Sobald Rothe wieder da ist, setze ich ihn darauf an.«

»Schwachsinn!«, schrie Höfer, »Das können wir doch auch selbst tun. Brauchen doch nur zum Meldeamt gehen.«

»Ihnen wird man aber keine Auskunft geben, Herr Major«, sagte Kerbl.

»Dem Abteilungsinspektor Kerbl aber schon. Oder wollen Sie die Mordfälle nicht zu einem raschen Ende bringen?«, rief Höfer.

»Entschuldigung!«, sagte Kraus und erhob sich. »Mich brauchen Sie sicher nicht mehr. Ich hätte nur eine Bitte. Erwähnen Sie dem Museumsdirektor gegenüber nicht, dass ich schon fündig wurde. Ich hätte gerne noch einige Tage bei den Matrikeln verbracht.«

»Sie sind ein Schlimmer«, lachte Kerbl. »Aber Ihnen sei versichert, da Sie so schnell gearbeitet haben, gönnen wir Ihnen noch einige Tage. Ah! Ihre Aufzeichnungen lassen Sie bitte da. Möglich, dass wir sie brauchen.«

Als Kraus das Büro verlassen hatte, rieb sich Kerbl die Hände.

»Dann können wir es ja angehen, Herr Major«, sagte er.

Höfer saß versunken da. Der Name Holzner beschäftigte ihn.

Irgendwo hatte er einen ähnlichen Namen bereits gehört oder davon gelesen. Es fiel ihm nur nicht ein.

*

Höfer schreckte aus dem Schlaf hoch. Das Kaufangebot für das Grundstück der Gräfin – hieß der Bieter nicht Holzner? Er musste sich das Papier nochmals ansehen. Hatte er es hier, oder lag es im Büro von Kerbl? Mühsam erhob er sich.

»Was ist denn mit dir, du unruhiger Geist?«, murmelte Uschi mit geschlossenen Augen. »Die Nacht ist zum Schlafen da, nicht zum Herumhüpfen.«

»Ich bin gleich wieder bei dir. Muss nur schnell etwas nachsehen. Weißt du, auch der Schlaf beschert einem manchmal neue Erkenntnisse, auf die man im wachen Zustand kaum oder zu spät gekommen wäre.«

»Halt die Luft an und mach, dass du wieder ins Bett kommst«, nuschelte sie.

Höfer angelte nach seinen Schlapfen und eilte die Treppe hinunter ins Wohnzimmer. Wo konnte er den Drohbrief und das Kaufangebot verwahrt haben?

Schließlich fand er sie auf seinem Schreibtisch, den er noch nie benutzt hatte, zwischen einigen Zeitungen und Illustrierten von Uschi. »Eigentlich sollten die in Kerbls Akt liegen«, murmelte er. »Muss sie morgen mitnehmen – wenn ich sie nicht vergesse.«

Mühsam entzifferte er den Namen des Mannes, der das Gebot geschrieben hatte.

»Hölzner«, las er. Also doch jemand anderer. Aber – die Namen unterschieden sich nur durch zwei Pünktchen über dem O. Konnte es sein, dass durch Manipulation aus einem Mann zwei wurden? Darüber musste er nachdenken, aber nicht hier im kalten Wohnraum. Ihn fröstelte bereits.

*

»Frühstück!« Jemand rüttelte ihn an der Schulter. »Diese Männer!«, sagte Uschi. »In der Nacht wandern sie herum und am Morgen kommen sie nicht aus dem Bett heraus.«

»Wie spät ist es denn?«, sagte er schlaftrunken.

»Halb acht!«

»Was? So spät? Warum hast du mich nicht früher geweckt?«

Höfer strampelte die Decke weg und sprang auf.

»Hab es ja versucht. Der Erfolg war genauso, als hätte ich probiert, einen Toten aufzuwecken. Musst deinen Kaffee eben alleine trinken, ich bin weg. Das Café wartet schon. Tschüss, mein Lieber.«

Sie hatte ihm ein Honigbrot geschmiert, das er hastig hinunterschlang. Der Kaffee folgte ebenso eilig, dann stand er vor seinem Auto. Beim Einsteigen fielen ihm die Papiere ein. Also nochmal zurück ins Haus, die Zettel zusammengerafft und endlich konnte er sich auf den Weg zur Inspektion machen. Er hatte Glück, dass gerade jemand ausparkte, der Platz war ziemlich voll.

Er stürmte in Kerbls Büro.

»Was ist denn los, Herr Major? Haben Sie schon wieder eine Leiche gefunden? Da hätten Sie mich auch anrufen können.«

»Kein Toter«, knurrte Höfer. »Dafür aber möglicherweise den Mörder.«

»Jetzt überraschen Sie mich aber«, entgegnete Kerbl.

»In der Nacht. Ich hatte einen Traum«, sagte Höfer etwas unzusammenhängend.

»Und in dem hat er sich ausgewiesen und gestanden?«, fragte Kerbl skeptisch.

»Unsinn! Spotten Sie nicht«, rief Höfer. »Mir sind nur das Kaufangebot und der Drohbrief, die ich bei der Gräfin gefunden habe, eingefallen.«

»Ah ja. Warten Sie, die muss ich erst suchen.« Kerbl nahm den Akt zur Hand.

»Da können Sie lange blättern, die Papiere habe ich.«

»Was? Sie können doch nicht Belege, die eine Bedeutung bei Mordfällen haben könnten, bei sich aufbewahren!« Kerbl war außer sich.

»Ich hatte ihnen keine Relevanz zugemessen«, rechtfertigte sich Höfer. »Bis gestern Nacht jedenfalls.«

Dann erklärte er ihm den Sachverhalt zwischen O und Ö.

»Wir müssen herausfinden, ob ein Holzner und ein Hölzner in Mödling leben. Wenn das nicht der Fall ist, sollten wir diesen Hölzner in die Zange nehmen.«

»Da laden wir uns eine Menge Arbeit auf«, stöhnte Kerbl. »Für Rothe wäre das die richtige Aufgabe.«

»Ich weiß nicht, was Plesser damit bezweckt, dass er ihn uns vorenthält«, knurrte Höfer.

Kerbl hatte sich inzwischen in das zweite Schriftstück vertieft. *»Gräfin, Hexe oder Außerirdische!«*, las er. *»All diese Titel, die Sie sich geben, sind nur Erfindungen, die von Ihrer wahren Natur ablenken sollen. Ich habe Sie durchschaut und warne Sie. Es wäre anzuraten, Sie halten es wie die drei berühmten Affen – nichts sehen – nichts hören – nichts reden. Sonst könnte es geschehen, dass Sie im Höllenfeuer braten oder als Wolke im Weltall schweben. Dies ist die erste und gleichzeitig die letzte Warnung.*

Mit hoffendem Gruß

Dagobert!«

»Eine Ahnung, wer dieser Dagobert sein könnte?«, fragte er.

Höfer zuckte die Schultern.

»Das ist interessant!«, rief Kerbl. »Der Satz mit den drei Affen. Den beiden Frauen ist doch genau das geschehen – Ohren weg – nichts hören. Zunge raus – nichts reden. Augen weg – nichts sehen. Der Mörder heißt Dagobert!«

»Und mit dem Nachnamen Hölzner oder Holzner«, stellte Höfer fest. »Wir müssen ihn nur noch finden.«

Kapitel 16

Kerbl hatte sich dazu entschlossen, sofort das Meldeamt aufzusuchen. Natürlich hätte er das auch telefonisch erledigen können, fand aber, dass ein direktes Gespräch zielführender sei.

Höfer stimmte ihm zu.

»Ich mache das aber allein, Herr Major«, sagte Kerbl. »Man braucht dazu ein gewisses Fingerspitzengefühl, sonst werden die Beamten störrisch. Verzeihen Sie, aber das ist nicht gerade Ihre Art bei Ermittlungen. Sie könnten in der Zwischenzeit ja …«

»Ich weiß schon, was ich machen werde«, blaffte Höfer. »Ich gehe auf einen anständigen Kaffee. Mein Frühstück war heute nicht gerade zum Jubilieren. Aber, Herr Abteilungsinspektor, wir sollten uns einmal darüber unterhalten, was Zusammenarbeit bedeutet.«

»Das machen wir, wenn die Morde geklärt sind, Herr Major. Seien Sie doch froh, dass ich die Arbeit habe und Sie genussvoll Ihr Gabelfrühstück genießen können.«

»Pah! Ich würde viel lieber den faulen Beamten Feuer unter ihrem Hintern machen. Aber bitte, gehen Sie alleine, Sie werden ja sehen, was es Ihnen bringt.«

Grußlos stapfte Höfer aus dem Büro und lenkte seine Schritte zu Uschis Café.

Sehr viele Gäste befanden sich nicht im Lokal. Er setzte sich zur Theke.

»Machst du mir bitte einen Kaffee, Uschi? Und anschließend bitte ein großes Bier und ein Brötchen mit etwas Scharfem, damit ich meinen Groll hinunterschlucken kann.«

»Gibt es Probleme?«, fragte sie.

»Ach, dieser Kerbl«, giftete er sich und erzählte die Episode mit dem Meldeamt.

»Sei doch froh, dass du dort nicht hin musst«, lachte sie. »Ist doch öde und langweilig, stundenlang auf ein Ergebnis zu warten. Auf einem Amt bekommst du weder Kaffee noch Bier.«

»Ha! Ich hätte dort einen Rabatz veranstaltet, das kannst du mir glauben.«

»Und deshalb noch länger gewartet. Hier kannst du in Ruhe deinen Kaffee schlürfen, während sich Kerbl die Beine in den Bauch steht. Außerdem habe ich dir einiges zu erzählen.«

Er wurde neugierig. »Hat es mit den Morden zu tun?«

»Mit Otto. Stell dir vor, er war heute kurz bei mir. Erst wollte er nicht mit der Sprache heraus, doch dann fragte er, ob es wirklich keine Außerirdischen gäbe. ›Das könne niemand auf der ganzen Welt sagen‹, meinte ich. ›Aber eines ist sicher, kein Alien bedroht uns und will unsere Erde beherrschen.‹ Das schien ihn zu beruhigen. ›Aber meinen Hut lasse ich trotzdem auf. Erstens gefällt er mir, und sicher ist sicher.‹ Bin ich froh, dass er von diesen Leuten weg ist«, meinte sie.

»Naja, als Accessoire kann er ihn gern weitertragen«, sagte er.

»Dann rückte er noch mit einer Sensation heraus. Man glaubt es nicht, aber er hat eine Stelle als Maurer gefunden, deswegen könne er mich nicht mehr so oft besuchen.«

»Hat er auch gesagt, in welcher Firma?«

»Wie ich mitbekommen habe, handelt es sich um eine kleine Baufirma mit dem Namen Savic.«

»Was? Bei Sabo? Da muss ich einmal vorbeischauen, damit er Otto nicht übervorteilt.«

»Du kennst die Firma?«

»Sehr gut sogar. Sabo hat mein Haus renoviert. Da hatte er aber noch keine Firma. Ein netter, fleißiger Kerl, der, ehe ich ihm Arbeit gab, manchmal ein wenig auf die schiefe Bahn geraten ist. Ich werde ihn aufsuchen, denn, wie hat Otto gesagt – sicher ist sicher.«

Uschi stellte ihm ein kleines Bier und Essen auf die Theke.

Höfers Handy läutete. »Kerbl« stand auf dem Display. Brauchte er Hilfe? Nicht mit ihm. Unterstützen würde er ihn jetzt im Amt nicht. Er drückte ihn weg.

Einige Gäste kamen ins Lokal, Uschi war beschäftigt. Er genoss sein Bier und sein Weißbrot, belegt mit einem Teufelsroller, einem paprizierten Hering.

»Wieso heben Sie nicht ab, Herr Major?«, riss ihn eine Stimme aus seinem Genuss.

Er drehte sich um. Kerbl stand da und sah ihn an.

»Hatte gerade ein wichtiges Gespräch mit meiner Freundin«, brummte er. »Wie lange wir noch auf die Namen warten müssen, hätten Sie mir auch auf der Inspektion erzählen können. Dazu brauchen Sie nicht herkommen.«

»Vielleicht will ich auch einmal ein kleines Bier trinken?« Kerbls Stimme klang wie immer freundlich. »Übrigens, es gibt nur einen Namen – Hölzner. Die Adresse habe ich ebenfalls.«

Er nannte sie und Höfer hielt die Luft an. Verdammt! Der Nachbar der Gräfin! Den hatte er ganz vergessen. Er hatte sich doch die Adresse aufgeschrieben, um den Namen dieses Mannes herauszufinden, da dieser jede Frage danach einfach überhörte.

»Dann fahren wir gleich zu ihm hin«, rief er und sprang auf.

»Jetzt will ich einmal ein kleines Bier trinken«, sagte Kerbl. »Sie werden mich hoffentlich nicht bei Plesser verraten und der Mann läuft uns ja nicht weg.«

*

Bei der Fahrt zu Hölzner unterhielten sie sich über die Taktik, die sie anwenden sollten. Höfer wollte ihn sofort mit den

Morden konfrontieren, aus Kerbls Sicht war ein harmloses Gespräch besser.

»Das funktioniert bei Mördern nicht, Herr Major. Vielleicht bei ihren Dieben und Räubern, aber Mörder muss man in eine unverfängliche Unterhaltung verwickeln, meist verraten sie sich dann selbst.«

Höfer wollte das nicht einsehen, gab aber auf das Drängen von Kerbl schließlich nach. Sie einigten sich darauf, nicht bei Hölzner anzuläuten, sondern so zu tun, als ob sie am Grundstück der Gräfin nach etwas suchten. Der Mann war ja regelmäßig in seinem Garten. Sie wollten ihn neugierig machen, so dass er sie ansprach. Alles Weitere sollte sich dann ergeben.

Wie immer quietschte das Gartentor fürchterlich. Höfer und Kerbl schritten mit gesenktem Kopf langsam über die ungepflegte Wiese. Wieso rührte sich nichts beim Gartenzaun?

»He! Was macht ihr da? Verschwindet oder ich rufe die Pol… Ah! Sie sind es. Sie hätten mich darüber verständigen sollen. In der letzten Zeit treibt sich so viel Gesindel hier herum, man ist sich seines Lebens nicht mehr sicher.«

Das hat lange gedauert, fand Höfer, aber anscheinend ist er die ganze Zeit in seinem Garten. Ob er zumindest in der Nacht in seinem Haus schläft?

Sie gingen zu ihm hin.

»Wir wollten Sie nicht stören, Herr Holzner«, sagte Kerbl.

»Hölzner, wenn ich bitten darf. Ich lege großen Wert auf die beiden Punkte«, entgegnete er.

»Entschuldigung!«, bat Kerbl.

»Ist schon gut«, meinte Hölzner versöhnlich. »Sind Sie dem Mörder schon auf der Spur? Es ist für unsereinen ziemlich nervig, wenn sich der Täter vielleicht noch in der Nachbarschaft herumtreibt.«

»Leider nein, es scheint sich um ein Phantom zu handeln. Deswegen suchen wir im Garten der Gräfin, ob sich nicht hier eine Spur findet. Sollte das nicht der Fall sein, fürchte ich, dass wir die Morde zu den ungeklärten Fällen legen müssen.« Kerbl war froh, dass sich der Major bis jetzt so zurückgehalten hatte.

»Es ist zum Verzweifeln«, knurrte der nun.

»Sie haben zwei Morde?«, rief Hölzner.

»Ja, ihre Zofe wurde ebenfalls umgebracht«, sagte Kerbl.

»Was? Warum denn? Das arme Kind!« Hölzner gab sich erschüttert.

Kerbl und Höfer nickten, gingen aber nicht weiter darauf ein.

»So, nun müssen wir uns wieder an die Arbeit machen, Herr Hölzner, es wäre schade, wenn wir nichts finden. Dann wäre der Fall erledigt und der Mörder könnte sich die Hände reiben«, meinte Kerbl.

»Ja, natürlich, entschuldigen Sie, dass ich Sie aufgehalten habe. Ich hoffe, Sie finden etwas. Wünsche viel Vergnügen.« Das hatte sich Hölzner anscheinend nicht verkneifen können.

Höfer und Kerbl schritten mit gesenkten Köpfen durch den Garten.

»Haben Sie das kurze Aufflackern in seinen Augen gesehen, als Sie ihn Holzner nannten?«, murmelte Höfer.

»Natürlich! Haben Sie bemerkt, wie er kurz gezuckt hat, als ich die Zofe erwähnt habe? Ich bin überzeugt, dass er weiß, dass sie die Tochter ist. Er muss schon länger hinter der Gräfin her sein. Sehen Sie, Herr Major, meine freundliche Plauderei war genau der Speck, mit dem man Mörder fängt. Wenn Sie ihn von Anfang an angefahren hätten, wäre nichts davon herausgekommen.«

»Ich werde es mir merken«, brummte Höfer. »Obwohl es gegen mein Naturell ist. Sie hatten recht, aber gegen Diebe und Räuber nutzt meine Strategie besser.«

*

Bei der Rückfahrt zur Inspektion rätselten sie, wie man beweisen konnte, dass Hölzner ein Nachfahre des zu Tode gekommenen Jagdgehilfen des Grafen war.

»Die Kirche!«, rief Höfer und schlug sich auf das Knie. »In den Aufzeichnungen muss doch ersichtlich sein, wann ein Holzner zu einem Hölzner wurde. Ich hoffe, dieser Kraus wühlt sich noch durch die Papiere. Ich denke, es ist nicht vor allzu langer Zeit geschehen. Den Pfarrer müssen wir auch ein wenig ins Gebet nehmen – metaphorisch gesprochen.«

»Ich kann mir nicht vorstellen, dass sich ein Priester für so etwas hergibt. Ich denke, Sie verrennen sich da in etwas«, antwortete Kerbl.

»Da bin ich anderer Ansicht«, sagte Höfer. »Wir werden ja sehen. Für heute ist es sowieso zu spät, wir werden das morgen erledigen. Jetzt habe ich noch etwas anderes zu tun.«

*

Höfer raufte sich die Haare. Nicht im eigentlichen Sinne, aber ihm war danach.

»Wo treibt sich dieser Mistkerl nur herum«, knurrte er und sah unentwegt von einer Seite zur anderen. Endlich entdeckte er einen Container mit einer übergroßen Tafel. »Baufirma Savic« stand dort und »Jede Art von Arbeit wird angenommen!«.

Er hoffte, dass Sabo noch hier war und nicht irgendwo herumstreifte. Die Türe des Baucontainers stand jedenfalls offen. Er hielt an und stieg aus dem Auto.

»Chefe!« Sabomir Savic stand in der Türe. Er schien sich zu freuen, als er Höfer sah. »Was du hier machen? Brauchen Reparatur?«

»Wenn es so wäre, Sabo, müsste ich dich jetzt mit Handschellen abführen, weil du bei mir Mist gebaut hast. Nein! Wollte sehen, wie es dir und deiner Firma geht.«

»Gut, Chefe, wunderbar! Viel Arbeit. Schaffen Miro und ich nicht allein. Habe neuen Mann eingestellt.«

»Ah ja, Sabo, siehst du, genau wegen dieses Mannes bin ich ebenfalls hier. Er ist ein guter Freund von mir, aber leider etwas zu vertrauensselig. Ich hoffe, du nützt seine Gutmütigkeit nicht aus und zahlst ihm nur die Hälfte des ihm zustehenden Lohns.«

»Chefe, warum du wollen mich beleidigen?«, protestierte Sabo. »Gute Arbeit – gutes Geld. Odo ist prima Mann, bekommen fast so viel wie ich und Miro.«

»Ich wollte es nur erwähnt haben, Sabo. Komm nur nicht auf dumme Gedanken, sonst ist deine Firma schneller geschlossen, als du ›Jesus Maria‹ sagen kannst.«

»Chefe, du wissen, ich anständiger Mann«, verteidigte sich Sabo. »Du haben schlecht geschlafen in Nacht?«

»Mein Schlaf hat damit nichts zu tun«, knurrte Höfer. »Sag, Sabo, hast du zufällig ein Bier da? Bin ganz ausgetrocknet.«

»Nicht ein Bier«, sagte der und als er die enttäuschte Miene Höfers sah, fügte er an: »Viele Bier. Eiskasten voll.«

Der Major blieb länger, als er geplant hatte.

*

Uschi war schon daheim, als Höfer sein Haus endlich betrat. Sie wollte ihn mit einem Kuss begrüßen, schreckte aber vor seiner Bierfahne zurück.

»Bin ich dir schon so gleichgültig, dass du dich in einem grindigen Lokal volllaufen lässt?«, keifte sie. »Wenn das so ist, kann ich ja gleich meine Sachen packen und verschwinden.«

»Uschi«, stotterte er verdattert. »Du bist mir nicht egal.«

»So? Und weshalb kommst du dann mit einem Riesenrausch nach Hause?«

»Das habe ich für dich getan. Ist leider etwas aus dem Ruder gelaufen.«

»Ha!«, rief sie. »Für mich! Das ist ja die Höhe. Als ob ich Wert auf Besoffene lege. Mir genügen schon die in meinem Lokal, das brauche ich zu Hause gerade nicht. Lass dir etwas Besseres einfallen.«

In ihm stieg langsam die Galle hoch.

»Ja, für dich«, schrie er und hieb mit der Faust auf ein Kästchen. »Für dich, aber vor allem für deinen Schutzbefohlenen Otto.«

Er nahm sich zusammen, denn ausarten sollte die Streiterei nicht.

»Ich war bei Sabomir Savic«, sagte er mit normaler Stimme. »Den kenne ich gut, schließlich hat er unser Haus renoviert, aber das, glaube ich, habe ich dir schon erzählt. Ich wollte klarstellen, dass er Otto nicht gegen ein Trinkgeld schuften lässt, sondern ein normales Gehalt zahlt. Durch meine Rederei bekam ich einen trockenen Mund und wollte einen Schluck trinken. Leider war Sabos Kühlschrank mit zu viel Bier gefüllt. Daher …«

»Du warst wegen Otto dort?«, unterbrach sie, umarmte ihn und gab ihm einen Kuss auf die Wange. »Damit habe ich nicht gerechnet. Das ist so lieb von dir.«

Sie gab ihm einen Klaps auf die Schulter.

»Geh dir die Zähne putzen, mein Schatz, damit du ein wenig zivilisierter riechst. Heute gibt es etwas Besonderes zum Essen.«

»Was denn?«, fragte er neugierig.

»Schweinsbraten mit Knödel«, sagte sie.

Vor Überraschung brachte er kein Wort heraus.

Kapitel 17

Es nieselte aus den niedrig hängenden Wolken, als Höfer am nächsten Morgen zur Inspektion fuhr. Er hatte vorgehabt, zeitig bei Kerbl zu erscheinen, aber das überraschende Abendessen und der vorangegangene Bierkonsum hielten ihn länger im Bett.

Er hoffte, dass wenigstens der Inspektor bereits aktiv war.

»Verzeihen Sie mein Zuspätkommen, aber ich habe gestern ein so herrliches Abendessen bekommen, das hat mich länger im Bett gefangen gehalten.«

»Schweinsbraten mit Knödel«, stellte Kerbl fest.

»Woher wissen Sie?« Höfer war verblüfft.

»Wenn Sie sich erinnern, Sie wollten sich schon einmal selbst bei mir einladen, als meine Babsi dieses herrliche Gericht gekocht hat. Da wir so gut zusammenarbeiten, dachte ich, dass eine Anerkennung nicht schaden könnte. Babsi hat gekocht und da sie nicht hier waren, habe ich das Essen zu Ihrer Freundin gebracht. Wie ich sehe, hat es geschmeckt.«

»Das wäre wirklich nicht notwendig gewesen, Kerbl. Danke! Werde mich revanchieren – irgendwann.« Höfer war das unangenehm, hatte er ihm gegenüber doch immer wieder einmal den Major-Titel heraushängen lassen.

»Das Essen ist verdaut, können wir uns wieder der Arbeit widmen?«, sagte er in brummigem Ton. »Haben Sie schon den Kraus erreicht?«

»Ohne Telefonnummer?« Kerbl zuckte die Schultern. »Die haben doch Sie, oder?«

»Habe ich nicht!« Höfer lachte. »Damit haben wir uns beide keinen Lorbeerkranz verdient. Dann müssen wir leider den Pfarrer aufsuchen. Ich hoffe nur, er schmeißt ihn nicht gleich hinaus, ohne dass wir die erforderlichen Daten bekommen.«

»Ein Pfarrer macht so etwas nicht«, meinte Kerbl optimistisch.

»Bei dem Priester hege ich meine Zweifel«, meinte Höfer. »Als ich bei ihm war, agierte er für mich sehr geheimnisvoll.«

Sie einigten sich darauf, mit dem Auto zur Kirche zu fahren.

»Zur Sicherheit!«, meinte Höfer. »Sollte er sich nach unserem Gespräch wieder auf sein Fahrrad schwingen, können wir ihm ungesehen folgen.«

»Sie glauben doch nicht ernsthaft, dass der Pfarrer und ein Mörder gemeinsame Sachen machen«, protestierte Kerbl.

»Wer weiß das schon«, entgegnete Höfer kryptisch.

Bei der Kirche zwängte sich Kerbl in eine fast zu kleine Parklücke.

»Sollte der Priester kräftig in die Pedale treten, haben wir ihn verloren, ehe ich hier wieder heraußen bin«, ärgerte sich Kerbl.

»Dann hebe ich sie aus der Lücke«, prahlte Höfer.

»Wenn ich drinnen sitze, schaffen Sie das nicht, bin viel zu schwer«, witzelte Kerbl.

»Pah! Ich würde es Ihnen ja gerne zeigen, aber vielleicht brauche ich meine gesamte Kraft drinnen beim Pfarrer. Los, Kerbl, bringen wir es hinter uns.«

Sie zwängten sich aus dem Auto. Höfer atmete tief ein.

»Auf in den Kampf«, murmelte er.

Als sie die Gasse hinunterblickten, sahen sie Kraus, der anscheinend auf dem Weg zur Kirche war.

»Das ist gut!«, rief Kerbl. »Da brauchen wir gar nicht mit dem Pfarrer reden.«

»Zumindest nicht in diesem Punkt. Sprechen will ich trotzdem mit ihm. Ich möchte seine Reaktion sehen, wenn ich die Namen Holzner und Hölzner erwähne.«

Kraus hatte die letzten Meter geschafft und blieb stehen.

»Was machen Sie da? Wollen Sie auch in den alten Schriften stöbern?«, erkundigte er sich.

»Gott bewahre, nein«, meinte Kerbl und stöhnte.

»Sie müssen noch etwas für uns erledigen«, sagte Höfer und erklärte seine Wünsche.

»Ah, Sie meinen, jemand hat mit Absicht den Namen manipuliert? Sollte das hier in der Kirche geschehen sein? Eher sind doch Beamte bestechlich und nicht ein Gottesdiener.«

»Ich glaube, es war hier in der Kirche«, beharrte Höfer. »Wahrscheinlich bei Geburt oder Taufe. Finden Sie heraus, ab wann der Name Holzner zwei Punkte bekam. Für unsere Ermittlungen ist das sehr wichtig.«

»Dass ich einmal persönlich bei einer Mördersuche dabei bin, ist ein Wahnsinn«, freute sich Kraus. »Wissen Sie, wenn ich Zeit habe, vertiefe ich mich gerne in einen Krimi. Aber es ist um einiges spannender, selbst mitzuwirken.«

»Das glauben Sie nur, Herr Kraus. Die Wahrheit sieht anders aus. Es ist lähmend, tagelang keine Spuren zu finden, man verzweifelt, wenn man keinen Verdächtigen entdeckt. Das ist eigentlich unser Alltag. Man braucht viel Glück, um einen Fall zu klären«, versuchte Kerbl seine Begeisterung zu stoppen.

»Diesmal gelingt es, Sie werden sehen«, rief Kraus euphorisch. »Ich mache mich gleich auf die Suche.«

»Auch ein armer Narr«, murmelte Höfer zu Kerbl, während Kraus mit Riesenschritten zur Kirche eilte. »Lassen wir ihm einen Vorsprung, ehe wir uns den Pfarrer vornehmen.«

»Also gehen wir«, seufzte Kerbl als Kraus verschwunden war.

Sie steuerten geradewegs das Pfarrhaus an. Nach kurzem Klingeln wurde die Türe geöffnet.

»Sie schon wieder«, brummte der Priester. »Wie oft soll ich der Exekutive denn noch sagen, dass ich nicht helfen kann, nicht helfen darf.«

»Sie haben mir das deutlich genug erklärt, Herr Pfarrer, obwohl ich es immer noch nicht verstehe. Heute habe ich aber nur eine kleine, nebensächliche Frage.« Höfer zeigte sich zum Erstaunen Kerbls ganz devot.

»Und die wäre?«, meinte der Priester schnippisch.

»Kennen Sie eine Familie, oder Mann, oder Frau mit dem Namen Holzner? Es könnte auch Hölzner heißen?«

»Tut mir leid, noch nie gehört, weder den einen noch den anderen Namen. War es das? Ich muss nämlich weg, habe eine wichtige Verabredung.«

»Ich danke für Ihre Auskunft, Herr Pfarrer, weiter wollen wir Sie nicht aufhalten.« Höfer deutete ein Kopfnicken an und drehte sich zum Gehen um.

»Kommen Sie, Kerbl, schnell zum Auto. Bin gespannt, wo er hin radelt.«

Kaum saßen sie im Wagen, kam der Pfarrer, ausgestattet mit einer dicken roten Winterjacke. Er fuhr aber nicht bei ihnen vorbei, sondern direkt die Pfarrgasse hinunter. Folgen konnten sie nicht, denn unten begann die Fußgängerzone und die war mit einem Poller abgesperrt.

»Jetzt müssen Sie Gas geben, Kerbl, sonst verlieren wir ihn. Ich hoffe, er verletzt nicht die Verkehrsregeln, ansonsten müssten wir ihn bei der Badstraße einholen«, rief Höfer nervös.

»Sie reden ja, als ob sie ein lebendiger Stadtplan seien.«

Kerbl hatte es endlich aus der Parklücke geschafft und stieg aufs Gas. Als sie in die Badstraße einbogen, sahen sie in der Ferne einen roten Punkt.

»Das ist er!«, rief Höfer. »Drücken Sie aufs Gaspedal, aber kommen Sie ihm nicht zu nahe.«

»Sie wollen mir jetzt aber nicht erklären, wie man einen Menschen beschattet, Herr Major«, brummte Kerbl verärgert.

Höfer schwieg. Entschuldigen wollte er sich nicht.

Kerbl folgte dem Radfahrer durch einige Gassen, dann blieb der Mann vor einem Haus stehen und läutete an dem Gartentor.

»Habe ich es mir doch gedacht«, brummte Höfer. »Fahren Sie weiter, Hölzner muss ja nicht auf uns aufmerksam werden.«

*

»Ich bin wahnsinnig erleichtert, Heidi«, sagte Gerti und biss von ihrem Marmeladebrot ab.

»Und weshalb?«, fragte Heidi, während sie sich Kaffee einschenkte.

»Es gibt keine weiteren Morde«, erklärte Gerti.

»Hat dir das ein Engel im Traum zugeflüstert? Die Menschen ändern sich doch nicht. Mord wird es immer geben.« Heidi sah ihre Freundin fassungslos an.

»Nein, ich meine den Fall, wo wir die toten Frauen mehr oder weniger entdeckt haben. Da kommt nichts nach.«

»Woher willst du das wissen? Wir sind doch schon längere Zeit nicht mehr im Wald gewesen«, ereiferte sich Heidi.

»Dass es neue Leichen gibt, hätten wir doch von deinem netten Polizisten erfahren. Halt den Mund und sag jetzt nicht, er ist unser netter Polizist. Du weißt doch von dem Krimi, in dem alles so geschildert wird, wie es bei uns geschehen ist.«

»Den hast du doch zur Seite gelegt, da er dir zu unheimlich war.«

»Ja, schon, aber gestern Abend konnte ich nicht einschlafen, griff nach einem Buch am Nachtkästchen und hatte den Krimi in der Hand. Dann habe ich halt zum Lesen angefangen.«

»Du spinnst ja. Ein Krimi als Einschlafhilfe? Da kannst du lange warten, bis dir das Buch auf die Nase fällt.« Heidi konnte sich das Lachen kaum verkneifen.

»Wem sagst du das. Aber ich konnte einfach nicht aufhören. Also, es gibt keinen weiteren Mord, basta!«

»Wer ist denn der Mörder? Vielleicht können wir unserem Polizisten einen Tipp geben.«

»Der Förster! Weißt du, ob wir in Mödling ebenfalls so einen Herrn haben? Dann wäre der Täter klar.« Gerti nickte heftig.

»Ruf ihn an«, sagte Heidi. »Er wird uns dafür ewig dankbar sein.«

»Du weißt, dass ich das nicht mag«, zierte sich Gerti. »Wir sagen es ihm, wenn er uns wieder einmal besucht.«

*

»Was habe ich Ihnen gesagt«, triumphierte Höfer, als sie wieder auf dem Weg zur Inspektion waren. »Der Pfarrer steckt mitten in dieser Angelegenheit. Jetzt kann er nicht mehr sagen, dass er keinen Hölzner kennt. Natürlich weiß ich nicht, ob er mit den Morden zu tun hat, aber so unschuldig, wie er bis jetzt getan hat, ist er nicht. Wir müssen ordentlich Druck auf ihn ausüben, wenn wir zu ihm gehen.«

»Sie haben recht, das müssen wir. Aber nicht heute, das erledigen wir morgen Vormittag.« Man sah Kerbl an, dass es ihm unangenehm war.

»Warum nicht gleich?« Höfer hätte ihn am liebsten sofort einer Inquisition unterzogen.

»Erstens wissen wir nicht, wie lange er bei Hölzner bleibt. Zweitens hat er sicher noch andere Besuche vor und drittens beginnt danach bald die Abendmesse und da können wir ihn nicht stören, das sind wir den Gläubigen schuldig. Außerdem wäre es gut, wenn wir dann schon wüssten, wann Holzner zu Hölzner wurde. Ich hoffe, Kraus hat das bis dahin herausgefunden«, entgegnete Kerbl.

Das sah Höfer ein, obwohl er seine Ungeduld kaum zügeln konnte.

Um nicht untätig herumzusitzen, beschloss er, zu Uschi auf einen Kaffee zu gehen. Um seine Nerven zu beruhigen, schlenderte er gemütlich zu ihrem Café. Doch die Spannung hielt an.

Die Gedanken an Hölzner ließen sich nicht vertreiben. Er war fest davon überzeugt, dass dieser der Mörder war. Aber wie das beweisen? Die Anschuldigungen ihm an den Kopf werfen? Lächerlich! Das löste bei dem Herrn höchstens einen Lachkrampf aus.

Sie mussten noch einiges recherchieren. Welchen Grund gab es, die beiden Frauen zu töten? Besaß der Mann ein Auto, mit dem er die Leichen transportieren konnte? Wo hatte er die beiden Frauen ermordet? Auf seinem Grundstück, oder an einem anderen Ort? Weshalb hat er es jetzt getan? Warum musste auch die Tochter daran glauben? Er war fest davon überzeugt, dass Hölzner wusste, dass die Zofe die Tochter der Gräfin war. Ob er auch der mysteriöse Dagobert war? Fragen über Fragen. Er musste mit Kerbl noch einmal das Areal der Gräfin durchsuchen. Am besten mit einem Leichenspürhund, so sie einen bekamen. Ob Hölzner ein Auto besaß, ließ sich bestimmt auf der Kfz-Zulassungsstelle eruieren. Er hoffte, dass Plesser ihnen Rothe wieder zur Verfügung stellte, der konnte das sicher rasch erledigen.

Einigermaßen beruhigt öffnete er die Türe zu Uschis Lokal.

*

Höfer verbrachte keine gute Nacht. Immer wieder schreckte er aus dem Schlaf, wenn das Gesicht von dem harmlos wirkenden Hölzner vor ihm auftauchte. Der Mann war doch nicht mehr der Jüngste, sicherlich schon in Pension, wie hat er es geschafft, die Leichen in den Wald zu befördern? Das und vieles mehr ging ihm durch den Sinn, manchmal versuchte er aufzustehen, um im Wohnzimmer in Ruhe darüber nachzudenken und um Uschi nicht zu stören, doch sobald er seine Füße aus dem Bett streckte, zog er sie wieder zurück. Es war einfach zu kalt im Zimmer.

Er seufzte erleichtert, als Uschis Wecker läutete. Eine Minute bleibe ich noch liegen, dachte er. Hoffentlich springt bald die Heizung an.Jemand rüttelte an seiner Schulter.

»Das solltest du dir rasch wieder abgewöhnen, mein Lieber«, zischte Uschi, bereits vollständig angezogen. »In der Nacht sich von einer Seite auf die andere zu werfen, so dass man glaubt, in einem stürmischen See zu liegen und dann das Frühstück verschnarchen.«

»Entschuldige, Uschi, aber der Fall …«

»Ja, ja, immer eine Ausrede haben, ich weiß schon. Jetzt kannst du dich selbst verwöhnen, ich muss weg«, unterbrach sie ihn und rauschte ab.

Verärgert über sich selbst wälzte er sich aus dem Bett, erledigte eine Katzenwäsche und ging in die Küche. Uschi war sehr fürsorglich, trotz ihrer Keiferei standen die dampfende Kaffeetasse und zwei mit Honig beschmierte Brote auf dem Tisch.

Eigentlich hatte er ja ganz früh bei Kerbl erscheinen wollen. Er blickte auf die Uhr. Was? Neun Uhr, so spät? Naja, was soll es! So hatte Kerbl genügend Zeit, genauere Ergebnisse vorzuweisen, wenn er bei ihm erschien.

Er begann bedächtig zu essen, hielt es aber nicht lange aus, schluckte die letzten Bissen schnell hinunter und machte sich auf den Weg. Die Autofahrt schien heute besonders lange zu dauern.

»Entschuldigen Sie die Verspätung, Kerbl«, rief er, als er ins Büro stürmte. »Hatte noch was Wichtiges zu erledigen.«

Der sah ihn mit hochgezogenen Augenbrauen an. Da saß noch jemand im Zimmer. War das Rothe? Er sah nur den Rücken des Mannes.

»Sie kommen gerade zur rechten Zeit, Herr Major«, meinte Kerbl mit einem Lächeln auf den Lippen. »Herr Kraus ist gerade erschienen, um uns die Verwandlung von O zu Ö zu erklären. Erzählen Sie es bitte nochmals dem Major.«

Kraus drehte sich zu Höfer um.

»Nach Ihrer Anordnung habe ich mir die Taufpapiere noch einmal angesehen«, begann er. »Es war in der Zwischenkriegszeit, als diese Verwechslung oder der Austausch, wie immer Sie es nennen wollen, stattfand. Der Vater hieß Adalbert Holzner und das Baby Edmund trug plötzlich den Namen Hölzner. Dass der damalige Pfarrer an dieser Schlamperei beteiligt war, kann ich mir immer noch nicht vorstellen. Die Zeit war damals ja keine gute, es könnte sein, dass ein Schreiber, der die Urkunde ausstellte, für einen gewissen Geldbetrag die beiden Punkte hinzugefügt hat. Wie gesagt, die Menschen waren damals bitterarm, alles, was einen am Leben hielt, war willkommen.« Kraus begann zu lächeln. »Mir ist noch eine andere Variante eingefallen, die ich als sehr plausibel finde, wenn man an die Zustände in der damaligen Zeit denkt. Aus irgendeinem Grund hat sich der Schreiber ein wenig später die Eintragung noch einmal angesehen und einen Punkt auf dem O entdeckt, der eigentlich ein Fliegenschiss war. Er ärgerte sich fürchterlich über seine Schlampigkeit und machte den zweiten Punkt dazu. So wurde aus Holzner Hölzner. Wäre doch möglich, oder?«

»Ich bevorzuge Variante eins«, sagte Kerbl. »Obwohl man Ihre Erklärung nicht von der Hand weisen sollte.«

»Mir ist es gleichgültig!« rief Höfer aufgebracht. »Ob Fliegenschiss oder Kleingeld, ist doch egal. Trotzdem müssen Kerbl und ich mit dem jetzigen Pfarrer reden. Vielen Dank, Herr Kraus, für Ihre Bemühungen.«

»Für mich war es ein Vergnügen. Dafür danke ich Ihnen. So, und jetzt muss ich wieder meinen Dienst im Museum antreten. Der Herr Direktor erwartet mich schon sehnsüchtig.«

Auch Kerbl sprach ihm seinen Dank im Namen der Polizei aus. Kraus nahm es ungerührt zur Kenntnis und verabschiedete sich.

»So, und wir beide machen uns jetzt zum Pfarrer auf«, sagte Höfer voll Energie.

»Gleich, Herr Major. Ich möchte nur schnell das mit dem Auto von Hölzner abklären«, erklärte Kerbl.

»Kann das nicht Rothe machen?«, rief Höfer.

»Wollen Sie noch ein, zwei Wochen darauf warten?«, erwiderte Kerbl. »Ich mache das gleich, kann ja nur einige Minuten dauern.«

Während Höfers Finger ungeduldig auf die Tischplatte trommelten, griff Kerbl zum Telefonhörer. Es dauerte einige Zeit, bis jemand abhob, dem er sein Anliegen vortragen konnte. Das Ergebnis bekam er dafür ziemlich schnell.

»Haben Sie gewusst, dass Hölzner den Vornamen Achim trägt? Nun, ist ja auch egal. Jedenfalls fährt er einen Kleinwagen. Ich muss bewundern, dass er es geschafft hat, damit alleine die Leichen in den Wald zu transportieren. Das war sicher nicht einfach.«

»Oder er hatte einen Helfer.«

»Der sich inzwischen in Luft aufgelöst hat? Herr Major, wir waren doch einige Male bei ihm. Nie hat sich eine zweite Person gezeigt. Dass er sich jemanden zum Helfen von der Straße geholt hat, bezweifle ich.«

»Vielleicht ist er ein Magier. Oder er hat trotz seines Bauches noch immer genügend Kraft. Wissen Sie, welchen Beruf er früher hatte? Denn jetzt ist er sicher schon in Pension.«

»Keine Ahnung. Wir werden den Pfarrer fragen, möglich, dass er es weiß.«

»Obwohl er den Namen Hölzner gar nicht kennt?«

»Auch das werden wir klären, Herr Major. Also, fahren wir!«

Als sie auf den Gang traten, stand Chefinspektor Plesser vor ihnen. »Herrschaften, so geht es nicht weiter. Paul, habe ich dir nicht gesagt, du sollst unsichtbar bleiben? Stattdessen rennst du in der Inspektion ein und aus, in Bereichen, die für Zivilisten tabu sind, höchstens es ist ein Verdächtiger, den ein Beamter verhören will. Wenn du schon unbedingt deinen Senf dazugeben musst, bitte außerhalb unseres Reviers. Sonst fällt es meinen Leuten noch ein, ihre Frau oder Freundin hereinzuschleppen. Wie es dann hier zugeht, will ich mir gar nicht ausmalen.«

»Komm! Jeder deiner Leute weiß doch, dass ich bei diesen Mordermittlungen mithelfe.« Höfer zeigte sich von der Schelte unbeeindruckt. »Übrigens, wir kennen bereits den Mörder der beiden Frauen.«

»Tatsächlich? Wo ist er? Ist er bereits in U-Haft?«, fragte Plesser aufgeregt.

»Leider nein, Chef«, sagte Kerbl. »Wir müssen noch einige stichfeste Beweise gegen ihn sammeln. Sobald wir die haben, sitzt er auch schon hier.«

»Wann?«

»In ein, zwei Tagen. Ah ja, Chef. Wir brauchen einen Durchsuchungsbeschluss für sein Haus. Die Spusi muss sein Auto auf Blut untersuchen. Vielleicht finden wir auch die Mordwaffe.«

»Wenn das so ist, Kerbl, kommen Sie gleich mit mir. Ich rufe den Staatsanwalt an. Das ist schnell erledigt.«

»Wir sind gerade auf dem Weg zum Pfarrer, Chef. Anschließend melde ich mich bei Ihnen«, druckste Kerbl verlegen.

»Zum Pfarrer? Was musst du denn beichten, Paul?«, schmunzelte Plesser.

»Ich nichts, aber er«, stellte Höfer fest. »Kommen Sie, Kerbl.«

*

»Das darf doch nicht wahr sein«, regte sich Kerbl auf, als sie die Gasse zur Kirche entlang fuhren. »So viele Leute wohnen doch gar nicht hier, wie Autos herumstehen.«

»Ist doch ein schöner Parkplatz, wenn man in die Fußgängerzone oder auf die Gemeinde will«, meinte Höfer. »Fahren wir einfach zum Pfarrhaus und stellen sie das Blaulicht auf das Dach. Dann weiß jeder, wer wir sind.«

Kerbl blieb nichts anderes übrig, als diesem Vorschlag zu folgen.

Sie läuteten einmal, zweimal. Endlich öffnete sich die Tür. Ein Frauenkopf blickte heraus.

»Priester nix da.«

»Wir müssen aber schnellstens mit ihm reden«, rief Höfer. »Ein Notfall!«

»Ist in Kirche«, sagte die Frau. »Du dort versuchen.« Die Türe schloss sich.

»Na, wenigstens scheint er nicht unterwegs zu sein«, meinte Höfer. »Wenn es wahr ist, was die Frau erzählt. Aber könnte doch auch möglich sein, dass er uns gesehen hat und sich jetzt verleugnen lässt.«

»Was Sie einem Pfarrer alles zutrauen«, lachte Kerbl. »Na, dann schauen wir einmal.«

Diesmal hatte Höfer keinen Blick über für die großen Kirchenfenster, die ihn sonst sehr beeindruckten. Seine Augen schweiften durch die Kirche, auf der Suche nach dem Priester. Kerbl hingegen schritt zielstrebig zum Altar.

»Herr Pfarrer!«, rief er. Seine Stimme hallte in dem hohen Kirchenschiff.

Eine Türe öffnete sich bei einem seitlich an der Wand stehenden hölzernen Verbau.

»Wenn du beichten willst, mein Sohn, dann komme zu mir«, ertönte eine Stimme.

Inzwischen war Höfer bei Kerbl angelangt.

»Kommen Sie heraus. Oder wir wechseln die Plätze, denn heute müssen Sie beichten, Herr Pfarrer.« Höfer war sich nicht bewusst, dass er schrie.

Ein abgrundtiefer Seufzer ließ sich aus dem Beichtstuhl vernehmen, dann stand Hochwürden vor ihnen.

»Sie schon wieder. Ich habe Ihnen bereits alles gesagt, mehr werden Sie von mir nicht erfahren.«

»Dürfen Priester lügen?«, sagte Höfer barsch.

»Wir sind der Wahrheit verpflichtet«, dozierte der Pfarrer. »Eine kleine Notlüge kann aber der Herrgott schon mal verzeihen.«

»Aber nicht, wenn es um Mord geht«, blaffte Höfer. »Da machen Sie sich im irdischen Leben strafbar, da kann Ihnen kein Gott helfen.«

»Sie reden schon wieder von Mord. Wer von meinen Schäfchen sollte denn einen Mord begangen haben?«, ereiferte sich der Pfarrer.

»Damit sind wir beim Kern der Sache angekommen«, sagte Höfer erregt. »Als wir Sie vor einigen Tagen nach dem Namen Hölzner fragten, haben Sie glatt behauptet, diesen nicht zu kennen und gestern waren Sie genau bei diesem Herrn. Da frage ich mich schon, warum Sie lügen.«

»Das stimmt nicht, Herr Inspektor, Sie haben sich nach dem Namen Holzner erkundigt und diesen Mann kenne ich garantiert nicht.«

»Sie sollten einen Ohrenarzt aufsuchen«, schrie Höfer.

»Herr Pfarrer, wir haben nach beiden Namen gefragt«, mischte sich Kerbl ein.

»So? Kann mich nicht erinnern«, verteidigte sich der Priester. »Tatsache ist jedenfalls, dass Sie gestern bei Hölzner waren. Das brauchen Sie nicht leugnen, denn wir sind Ihnen gefolgt«, sagte Höfer in normalem Ton.

»Das stimmt nicht ganz«, meinte der Pfarrer und strich sich über die Stirne, auf der einige Schweißtropfen glänzten. »Ich war nicht bei Herrn, sondern bei Frau Hölzner. Früher war sie eine Stütze der Gemeinde, doch jetzt ist sie schwer krank und wartet nur mehr auf ihren Tod. Sie ist sehr gläubig und ich spreche ihr regelmäßig Trost zu.«

»Und Herr Hölzner, ist der auch gläubig?«, erkundigte sich Kerbl. Er dachte an das Muttergottesbild im Wald.

»Nun ja, was soll ich sagen, irgendwie schon.«

»Ich wusste es ja, Kerbl, er ist unser Mann. Es ist Zeit, dass wir ihn hopsnehmen«, rief Höfer und rieb seine Hände.

»Entschuldigen Sie! Wollen Sie damit andeuten, dass Hölzner ein Mörder ist?«, ereiferte sich der Priester. »Da liegen Sie vollkommen falsch. Er ist ebenfalls sehr krank, kann sich kaum bewegen und tapst nur hie und da in seinem Garten herum.«

»Sie können ihn verteidigen, so viel Sie wollen, Herr Pfarrer, aber für mich ist er der Mörder, das spüre ich im …«, das Wort »Urin« schluckte Höfer schnell hinunter.

»Hochwürden, ich würde Sie ersuchen, über unser Gespräch Stillschweigen zu bewahren«, sagte Kerbl sanft. »Es ist für alle Beteiligten besser. Glauben Sie nicht nur an Gott, sondern auch an die Polizei. Grüß Gott.« Damit wandten sie sich dem Ausgang zu.

»Sie irren sich, glauben Sie mir«, rief ihnen der Pfarrer nach. »So unschuldig wie Hölzner ist niemand.«

Kapitel 18

Den Durchsuchungsbefehl für Hölzner bekamen sie ziemlich schnell. Plesser hatte sich angestrengt, er wollte diesen Fall rasch von seinem Tisch.

Höfer fuhr mit Kerbl, der Bus mit den Spusi-Leuten folgte ihnen.

»Was meinen Sie, Kerbl, wird er sich wieder im Garten herumtreiben, oder verschanzt er sich in seinem Haus?« Höfer war seine Nervosität anzusehen.

»Schau ma amal«, entgegnete Kerbl gelassen.

»Übrigens, den Garten müssen wir auch ganz genau untersuchen, vielleicht hat er die Mordwaffe dort vergraben. Sein Auto natürlich auch, wegen der Blutspuren. Er wird zwar versucht haben, diese zu entfernen, aber ich hoffe, die Spusi findet dennoch etwas.«

»Herr Major, wir machen das schon. Was ist los mit Ihnen? So nervös wie heute hab ich Sie noch nie erlebt.«

»Ich und nervös? Kerbl, Sie träumen. Ich will nur, dass der Fall endlich zu den Akten gelegt werden kann.« Höfer stieß ein hohles Lachen aus, seine Finger trommelten auf das Instrumentenbrett.

Als sie bei Hölzners Haus angelangt waren, sprang Höfer aus dem Auto und drückte sofort auf die Glocke beim Gartentor. Das Klingeln ertönte nicht nur aus dem Haus, eine Glocke schien auch außen an der Fassade angebracht zu sein. Höfer drückte nochmals.

»Ja, ja, komm schon«, hörten sie eine Stimme.

Dann bog Hölzner um die Hausecke. Humpelnd kam er zum Gartentor. Dass der Mann gehbehindert ist, war ihnen bis jetzt nicht aufgefallen. Eigentlich hatten sie mit ihm nur gesprochen, wenn er am Gartenzaun lehnte.

»Sie schon wieder? Und gleich mit der gesamten Kavallerie? Hören Sie, wenn Sie das Grundstück der Gräfin untersuchen wollen, hätten Sie nicht bei mir läuten müssen. Haben Sie doch bis jetzt auch nicht getan.«

»Sie irren, Herr Hölzner«, sagte Kerbl und zückte den Durchsuchungsbeschluss. »Wir kommen zu Ihnen. Sie stehen im dringenden Verdacht, die Gräfin und ihre Tochter ermordet zu haben.«

Ungläubig starrte Hölzner ihn an. Dann begann er zu lächeln.

»Herr Inspektor, Sie sind ein wenig zu früh dran, der Fasching ist erst in einigen Monaten.«

»Kein Scherz, Herr Hölzner. Bitte öffnen Sie das Türl, damit wir beginnen können. Wir werden uns bemühen, so wenig Unordnung als möglich zu machen.« Kerbl bemühte sich um einen freundlichen Ton.

Hölzner zuckte hilflos die Schultern und öffnete das Gartentor. Die Spusi, Max und seine Kollegen, schwärmte unverzüglich aus.

»Mich würde schon interessieren, wer mich angezeigt hat, Herr Inspektor«, jammerte Hölzner.

»Sie selbst waren das«, mischte sich Höfer ein. »Sie treiben sich die meiste Zeit in Ihrem Garten herum, wissen alles, was am Areal der Gräfin geschieht, und haben vor Jahren versucht, ihr das Grundstück abzukaufen. Was sie auf vielleicht nicht ganz feine Art abgelehnt hat. Da kann einem dann bald der Kragen platzen.«

»Das ist doch lächerlich!«, protestierte Hölzner. »Sie haben recht, ich habe einmal ein Angebot gemacht. Erstens, weil es mir weh tat, wie sie ihren Garten verkommen ließ und zweitens hatte sie schon damals kein Geld und ich wollte sie damit unterstützen. War aber dann froh, dass sie ablehnte, denn kurz darauf erkrankte meine Frau an Krebs und das hat mir bis heute genug gekostet.«

»Aber nachdem die Gräfin tot ist und keinen Erben hat, können Sie alles um einen Pappenstiel erwerben«, knurrte Höfer.

»Ich kann doch damit nichts mehr anfangen. Sehen Sie sich meine Beine an. Kann nicht einmal in meinem Garten alles machen. Was brauche ich da das Grundstück der Gräfin?«, erregte sich Hölzner.

»Damit Ihre Erben mehr bekommen?«, schnauzte Höfer.

»Wir sind leider kinderlos geblieben«, erklärte Hölzner. »Auf Onkeln und Tanten pfeife ich, die haben sich bis jetzt nie um uns gekümmert.«

Die Spusi-Leute kamen zurück.

»Jetzt das Haus?«, fragte Max und Kerbl nickte.

»Seien Sie bitte leise«, rief Hölzner. »Meine Frau …«

»Sie hat Krebs. Angeblich geht es mit ihr zu Ende«, flüsterte Kerbl Max zu. Der nickte.

Kerbl, Höfer und Hölzner standen schweigend da.

»Einer der Gründe, weshalb wir heute bei Ihnen sind, ist Ihre Familienvergangenheit«, durchbrach Kerbl die Stille.

Hölzner sah ihn mit hochgezogenen Brauen an.

»Kommen Sie bitte mit?«, durchbrach Hölzner das Schweigen. Er humpelte Richtung Garten der Gräfin. »Ich will ja niemanden vernadern, aber es war schon eigenartig, was da geschehen ist. Ich weiß nicht, weshalb ich Ihnen nichts davon erzählt habe, hatte es anscheinend vergessen. Jetzt bei der Hausdurchsuchung ist es mir wieder eingefallen. Es muss der Abend gewesen sein, an dem die Gräfin starb. Ich stand beim Gartenzaun, wollte sehen, ob sie wieder eine Hexenbeschwörung oder Ähnliches abhielt. Sie stand beim Haus, als die beiden Männer erschienen, Sie wissen schon, die mit ihrer Silberverkleidung. Erst unterhielten sie sich, doch dann wurde es immer lauter. Verstehen konnte ich nichts, aber es war sicher ein Streit. Einer der beiden zerrte sie dann zur Hausecke, wo es ziemlich finster ist. Leider ertönte dann das Alarmsignal meiner Frau.« Er deutete auf sein Handgelenk, an dem eine Art Armbanduhr befestigt war. »Sie benötigte mich, also ging ich ins Haus.«

»Sind Sie nicht noch einmal hinausgegangen?«, erkundigte sich Kerbl.

»Nein, sie hatte einen Anfall und der dauert manchmal Stunden. Einmal habe ich kurz aus dem Fenster geblickt, aber zu sehen war nichts.«

»Das hätten Sie uns schon früher erzählen können«, schnauzte Höfer.

»Ich habe andere Sorgen«, meinte Hölzner. »Wie schon gesagt, manchmal vergisst man solche Nebensächlichkeiten.«

»Jedenfalls vielen Dank, dass es Ihnen jetzt eingefallen ist«, sagte Kerbl und winkte seinen Männern, die gerade aus dem Haus kamen.

»Keine Ahnung, ob er uns nicht Märchen erzählt«, brummte Höfer, als sie wegfuhren. »Aber Moratz und dieser Pafill sind eine gute Option.«

*

Die Spusi hatte bei Hölzner nichts Belastendes gefunden. Zwar entdeckte man Blut im Kofferraum des Autos, doch es stammte weder von der Gräfin noch von ihrer Tochter, sondern von Hölzner, der sich aber nicht erinnern konnte, bei welchem Anlass er sich verletzt hatte. Im Haus fanden sich Stricknadeln, doch die steckten in der Originalverpackung und kamen als Tatwerkzeug nicht in Frage.

Höfer musste sich eingestehen, mit seinem Verdacht falsch gelegen zu sein. Der Vorfall im Garten der Gräfin, den Hölzner geschildert hat, ließ ihn aber nicht in Ruhe. Die Spusi hatte sich zwar dort umgesehen, konzentrierte sich aber hauptsächlich auf das Innere des Hauses.

Was, wenn die Morde an einer nicht einsehbaren Stelle des Gartens geschehen sind? Dort, wo kein Nachbarhaus stand, sondern sich nur Wiese befand? Doch wie sollten sie feststellen, dass dort Blut geflossen ist? Höfer fiel ein, dass der Zoll Hunde besaß, die Rauschgift erschnüffelten. Solche Spürhunde hatte die Polizei ebenfalls. Sie brauchten einen, der auf Blutspuren trainiert war. Er bedrängte Kerbl, einen solchen zu beschaffen. Wenn der etwas fand, konnte man im Labor schnell feststellen, ob es von der Gräfin und ihrer Tochter stammte. Möglicherweise fand man auch das Tatwerkzeug.

»Wissen Sie, wie dünn eine Stricknadel ist? Glauben Sie, dass man darauf Fingerabdrücke finden kann?«, meinte Kerbl.

»Ich bin kein Techniker«, brummte Höfer.

»Das merkt man«, regte sich Kerbl auf. »Wenn es gut geht, findet man höchstens einen Teilabdruck eines Teilabdrucks. Ob das zur Identifizierung des Täters führt, bezweifle ich stark. Ich höre schon das Kichern der Verbrecher, wenn wir damit kommen.«

»Lasst nicht die Hoffnung fahren«, deklamierte Höfer nach einem berühmten Schriftsteller. »Ich bin überzeugt, wir finden etwas, und wenn es nur eine Kleinigkeit ist, die auf Moratz und Pafill hindeutet.«

»Mein Gefühl sagt mir, dass das vergebene Liebesmühe ist«, seufzte Kerbl.

»Gefühle irren manchmal gewaltig«, entgegnete Höfer.

»Also gut, ich rede mit dem Chef. Er soll uns einen Hund besorgen«, gab sich Kerbl geschlagen.

*

»Chef Plesser sagte, dass er nur wegen Ihnen den Hund organisiert hat«, meinte Kerbl, als sie zum Haus der Gräfin fuhren. Hinter ihnen folgten der Kombi des Hundeführers und Max von der Spusi.

»Dazu sind schließlich Freunde da«, brummte Höfer und dachte daran, Plesser und seine Frau endlich einmal zu sich einzuladen. Er musste sich doch erkenntlich zeigen.

Das Gartentor stand offen und Höfer, der zur hintersten Ecke des Grundstückes sah, bemerkte dort eine Gestalt.

»Fahren Sie weiter«, kommandierte er. »Jemand ist auf dem Grundstück. Wir wollen ihn nicht auf uns aufmerksam machen.«

Kerbl folgte, auch der Kombi, obwohl Max, wie Höfer sah, als er sich umdrehte, heftig protestierte.

Einige hundert Meter weiter blieben sie stehen. Kerbl erklärte die Situation und auch Max nickte. Er hatte schließlich auch die Person beim Vorbeifahren entdeckt.

»Wir müssen uns anschleichen«, sagte er.

»Entkommen darf er uns jedenfalls nicht«, sagte Kerbl. »Möchte wissen, was der Mann hier anstellt.«

»Lassen Sie mich das machen«, sagte der in Zivil gekleidete Hundeführer. »Ich bin ein harmloser Spaziergänger, der seinen Hund Gassi führt.«

Er ging los, Max folgte ihm mit einigem Abstand. Kerbl und Höfer stapften vorsichtig über die Wiese Richtung Haus.

Als der Hund und sein Herrchen beim Gartentor angelangt waren, klinkte er die Leine aus und deutete auf die Person.

»Fass!«, rief er. Der Hund stürmte los. Kurz darauf meldete sein Gebell, dass der Mann gestellt war.

»Theo hat alles im Griff«, sagte der Führer zufrieden.

Der Mann stand mit ängstlichem Gesicht an die Hausmauer gedrückt. Theo saß knurrend vor ihm.

Max, Höfer und Kerbl eilten in den Garten.

»Sieh an, wenn das nicht der Herr Pafill ist«, rief Höfer überrascht. Einige Schritte weiter lag ein Spaten.

»Theo! Hier!«, kommandierte der Hundeführer und das Tier setzte sich neben ihm hin, grollte aber immer noch leise.

»Was machen Sie im Garten der Gräfin?«, erkundigte sich Kerbl.

»Mir gefällt es hier«, entgegnete Pafill. »Im Gedenken an die Gräfin wollte ich ihn noch etwas verschönern.«

»Sie meinen Spuren beseitigen«, rief Höfer. »Aber da täuschen Sie sich. Auch wenn Sie schon einen Meter Erde aufgeschüttet haben, unser Hund findet trotzdem das Blut der Toten.«

»Welches Blut? Ich habe nur ein wenig Unkraut ausgegraben«, verteidigte sich Pafill mit bleichem Gesicht.

»Ja, ja, natürlich! Und die beiden Frauen sind durch die Hand der Aliens zu Tode gekommen.« Höfer schüttelte den Kopf. »Herr Pafill, Sie wären gut beraten, wenn Sie ein Geständnis ablegten. Das macht auf den Richter einen guten Eindruck.«

»Sie sind in der Mordnacht beobachtet worden«, fügte Kerbl hinzu, was an sich ja nicht ganz stimmte.

»Dieser verdammte Nachbar!«, schrie Pafill. »Am liebsten würde ich …«

»Nicht schon wieder eine Morddrohung«, unterbrach Kerbl.

»… seinen Garten verwüsten«, ergänzte Pafill.

»Auch das ist eine Einschüchterung, mein Herr«, sagte Kerbl.

»Also ja, ich war mit Helmut hier. Die Gräfin war ein wenig zickig, sie wollte bei uns nicht mehr mitmachen. Sie hat sogar gedroht, uns auffliegen zu lassen, wenn sie nicht mehr Prozente bekäme. Wir versuchten lange, sie umzustimmen, mir wurde es dann zu blöd und ich bin gegangen. Mehr kann ich dazu nicht sagen.«

»Sie behaupten also, dass Ihr Freund Moratz die Gräfin und später ihre Tochter umgebracht hat?«, grollte Höfer.

»Ich behaupte nichts. War ja nicht dabei. Fragen Sie doch den neugierigen Nachbarn, der weiß angeblich alles.« Pafill zog die Schultern hoch.

»Und weshalb versuchen Sie heute hier alles umzugraben?«, fragte Kerbl.

»Helmut hat mich gebeten, den Garten ein wenig vom Unkraut zu befreien. Zum Gedenken an die Gräfin, die sich nie darum gekümmert hat. Das sei er ihr schuldig, meinte er.«

»Mit einer Schaufel? Sie sollten sich etwas Besseres einfallen lassen«, erregte sich Höfer.

»Bin kein Gartenexperte«, murmelte Pafill.

»Dafür ein Märchenerzähler«, brummte Höfer. »Naja, vielleicht finden wir die Mordwaffe mit Ihren Fingerabdrücken.«

»Ha!«, rief Pafill und setzte sich an die Hausmauer.

Der Hundeführer hatte inzwischen mit Theo durch den Garten seine Runden gedreht und kam nun bei ihnen vorbei, um die letzte Ecke abzusuchen. Dort, wo Pafill zu graben begonnen hatte, schlug Theo an und scharrte mit seinen Pfoten.

»Da ist etwas. Eindeutig«, sagte der Hundeführer. Max nahm einige Säckchen und füllte sie an verschiedenen Stellen mit der Erde.

»Vielleicht findet Ihr Theo noch wo anders Blut«, sagte Kerbl. »Schließlich sind wahrscheinlich hier zwei Morde geschehen.«

»Die Mordwaffe dürfen wir auch nicht vergessen«, ergänzte Höfer. »Könnte doch sein, dass sie in einer Ecke vergraben wurde.«

Der Hund machte sich wieder ans Schnüffeln und tatsächlich wurde er einige Meter entfernt noch einmal fündig.

Als sie entlang des Zaunes zum Nachbargrundstück gingen, der windschief nach innen hing, schlug Theo wieder an.

»Blut gibt es hier keines«, rief der Hundeführer. »Da wächst so viel Unkraut, da müsste man es ja auf den Blättern sehen. Sagen Sie, nach welcher Mordwaffe suchen Sie denn?«

»Laut dem Pathologen Doktor Piker handelt es sich um eine

Stricknadel oder Ähnliches, also zum Beispiel um einen verstärkten Draht. Auf alle Fälle war es ein dünnes Werkzeug«, sagte Kerbl und kam mit Höfer und Max zu ihm.

Tatsächlich lag nur ein kleines rundes Holzstück zwischen Stauden und Gras.

Max, mit einer kleinen Schaufel bewaffnet, versuchte das Holz wegzutreten.

»Halt!«, rief Kerbl. »Das musst du auch in eine Tüte geben.«

Max sah ihn verständnislos an.

»Überleg einmal«, dozierte Kerbl. »Wenn du mit einem ganz dünnen Gerät zustechen willst, brauchst du etwas, womit du Druck ausüben kannst. Eine Art Handgriff. Dafür ist ein Holzstück bestens geeignet. Vielleicht findest du sogar Fingerabdrücke darauf.«

»Habe ich nicht einen gescheiten Chef?«, grinste Max.

Höfer, der bis jetzt immer Pafill im Auge behalten hatte, kam nun zu ihnen, nahm die kleine Schaufel und begann zu graben. Dann schrie er auf.

»Da ist tatsächlich …« Er zog etwas aus der Erde und hielt die Stricknadel triumphierend in die Höhe. »Damit können wir diesen Pafill gleich konfrontieren.«

Alles blickte zur Hausmauer, wo der sich niedergelassen hatte. Niemand lehnte dort.

»Verdammt! Wieso hat von euch keiner auf ihn aufgepasst?«, schrie Höfer aufgebracht.

»Das haben doch Sie getan«, entgegnete Kerbl. »Keine Angst, den kriegen wir schon. Hier sind wir eigentlich fertig. Max, du fährst zurück und beginnst gleich die Erdproben auszuwerten. Sie und Theo können sich ebenfalls verabschieden und wir beide suchen jetzt Moratz auf.«

Auf der Fahrt zum Stoffhändler ärgerte sich Höfer immer noch, dass sich Pafill so ohne weiteres aus dem Staub machen konnte.

»Sehen Sie es doch als Schuldeingeständnis«, versuchte Kerbl ihn zu beruhigen. »Der taucht sicher bei Moratz auf und dann haben wir ihn.«

»Oder er ist schon auf dem Weg nach Deutschland«, knurrte Höfer.

»Dann kriegen wir ihn auch, dauert halt etwas länger. Bin schon gespannt, wie sich Moratz herauszuwinden versucht.«

»Ich ebenso. Schuld sind auf alle Fälle beide«, sagte Höfer.

»Er ist sicher früher gegangen«, lachte Kerbl.

»Jedenfalls müssen wir seine Autos konfiszieren. Blöd, dass Sie Max zurückgeschickt haben.«

»Das hat doch Zeit«, meinte Kerbl. »Je nachdem, wie viele Fahrzeuge er hat, brauchen wir wahrscheinlich die ganze Mannschaft.«

Bei der Fabrikhalle angelangt, marschierten sie, die Empfangsdame negierend, direkt zum Büro von Moratz.

»Was ist denn los?«

Mit diesen Worten empfing sie der Fabrikant, anscheinend von der Vorzimmerdame gewarnt. »Ich habe Ihnen doch bereits alles gesagt. Natürlich war das mit den Masken eine Dummheit von mir und Günther, aber dafür stehe ich ein. Wegen dem braucht es doch keine weiteren Ermittlungen.«

Höfer fröstelte ein wenig, denn im Büro stand trotz der fortgeschrittenen Jahreszeit das Fenster offen.

»Es geht nicht um die Masken, Herr Moratz, heute sind wir wegen Mord hier«, blaffte er.

»Mord?« Moratz sah mit einem Mal sehr blass aus, seine Augen zuckten nervös.

»Sie stehen im Verdacht, die Gräfin und ihre Tochter getötet zu haben«, sagte Kerbl.

»Was?« Moratz schluckte. »Suchen Sie jetzt einen, dem Sie diese Morde unterschieben können, damit die Polizei ein Erfolgserlebnis hat? Ich bin sicher, dass ich ein Alibi vorweisen kann.«

Er griff zu seinem Terminkalender. »Wann sind denn die Morde geschehen?«

»Den brauchen Sie nicht. Wir haben einen Zeugen, der erklärt hat, dass Sie die Morde begangen haben. Wie heißt der Mann gleich, Kerbl? Ach ja, ich hab's, Pafill ist der Name.« Höfer sah ihn triumphierend an.

»Günther?« Moratz' Mund bewegte sich auf und zu, schließlich fasste er sich. »Dieses Arschloch! Dabei war er es, der zugestochen hat. Mir will er das in die Schuhe schieben?«

»Sie geben also zu, dass Sie bei den Morden zumindest dabei gewesen sind?«, hakte Kerbl nach.

Moratz starrte vor sich hin und kritzelte mit einem Finger Schnörkel auf die Tischplatte.

»Ich wollte nur mit ihr reden«, sagte er, danach herrschte wieder Schweigen.

Die Türe flog krachend auf.

»Helmut, die Polizei ist hinter mir her, ich konnte gerade noch ent…«

»Herr Pafill, schön, dass Sie auch schon da sind. Wir haben Sie schon erwartet«, dröhnte Höfer, der gleichzeitig aufsprang und sich im Türrahmen platzierte.

»Setzen Sie sich doch zu unserer gemütlichen Gesprächsrunde, wir haben über einiges zu reden.« Kerbl wies freundlich zu Höfers Stuhl.

Pafills Augen irrten durch den Raum nach einer Fluchtmöglichkeit. »Mit Ihnen rede ich nicht«, sagte er und rannte los. »Zernato, beame mich zu dir«, rief er und stürzte kopfüber aus dem Fenster.

Alle drei rannten hin, Höfer und Kerbl sahen nach unten, nur Moratz riskierte einen Blick zum Himmel.

Pafills Körper lag eigenartig verdreht am Betonboden. Rund um den Kopf breitete sich langsam eine Blutlache aus.

»Zernato dürfte ihn nicht gehört haben«, ätzte Höfer.

»Ach, verdammt!«, jammerte Kerbl. »Jetzt brauche ich schon wieder die Spusi. Hoffentlich ist auch der Doktor zu erreichen.«

»Dann können Sie wenigstens gleich die Autos untersuchen«, meinte Höfer praktisch.

Kerbl hatte sein Handy aus der Tasche geholt und war eifrig am Telefonieren.

»Doktor Piker freut sich direkt, dass er etwas zu tun bekommt«, sagte er.

»Wir sollten nach unten gehen«, mahnte Höfer. »Dass nicht einer der Belegschaft die Spuren versaut, weil er Erste Hilfe leisten will.«

Moratz stand noch immer beim Fenster und blickte in den Himmel.

»Sie haben recht«, sagte Kerbl. »Das ist wahrscheinlich dringend nötig. Herr Moratz, Sie bleiben in Ihrem Büro. Wir haben anschließend noch ein Gespräch zu führen.«

»Ist nicht schon alles gesagt?«, jammerte er und setzte sich mit wackeligen Beinen zu seinem Tisch.

»Noch lange nicht«, knurrte Höfer und ging zur Türe.

»Dass sich Pafill so aus der Affäre ziehen wird«, meinte Kerbl, als sie die Stufen hinuntergingen. »Damit habe ich nicht gerechnet.«

»Vielleicht glaubte er doch selbst den Scheiß, den er seinen Anhängern erzählt hat«, brummte Höfer. »Oder er wollte nicht sein Leben lang im Kittchen sitzen. Was weiß man schon, was in so einem wirren Kopf vorgeht.«

»Wir werden es auch nicht mehr erfahren«, brachte es Kerbl auf den Punkt.

»Erste Hilfe braucht er auf keinen Fall«, sagte Höfer, als sie vor dem Leichnam standen. »Bin gespannt, was Ihr Doktor sagt. Ich tippe auf Genickbruch.«

»Sie und Piker werden auch keine dicken Freunde, was?«, tadelte Kerbl.

Dann hörten sie das Knattern eines altersschwachen Autos. Doktor Piker kam mit seiner 2CV-Ente durch die Einfahrt.

»Lasst mich raten«, rief er, nachdem er sich aus seinem Auto gezwängt hatte. »Prügelei im Hinterhof?«

»Falsch, Doktor. Ein Fenstersturz«, antwortete Kerbl.

»Ich hoffe, Ihr habt den Täter bereits arretiert?«

»Wieder falsch, Doktor. Er ist selbst gesprungen.«

»Oh! Dann hat er vor seinem Tod wenigstens noch ein Flugerlebnis gehabt.« Piker sah die betretene Miene von Kerbl. »Entschuldige, Wastl, war nicht so gemeint. Aber dafür hättet ihr mich ja nicht benötigt, wenn die Todesursache ohnehin feststeht. Da hätte der Leichenwagen genügt und ich könnte nach wie vor in meinem stillen Kämmerchen sitzen.«

»Ich habe dich angerufen, damit du in deinem kalten Keller nicht versauerst. Außerdem lege ich Wert auf deine Expertise. Sieh dir den armen Mann an. Er war ein bisschen ein Spinner, der jedem, der es wollte, oder auch nicht, von Aliens erzählt hat.«

»Naja, vielleicht kutschiert sein Geist bereits im Weltall herum«, lachte Piker und kniete sich neben der Leiche nieder.

»Eigentlich wollte er mit seinem Körper zu seinen Freunden gebeamt werden, so wie man es aus dem Fernsehen kennt.« Höfer musste sich in diese Diskussion natürlich einmischen.

»Das ist jedenfalls nicht geglückt«, sagte Piker. Er mühte sich wieder hoch und ging mit prüfendem Blick um die Leiche. »Also, Wastl, meine Conclusio – schwerste Schädelverletzungen und Genickbruch. Mehr gibt es nicht zu sagen.«

»Na, was habe ich gesagt, Kerbl?«, freute sich Höfer. »Entschuldigung, Doktor, wollte nicht in Ihre Kompetenz eingreifen.«

Piker nickte und sah auf seine Uhr. »Ich hoffe, meine Männer sind bald da.«

Wenig später kam die Spusi-Truppe angerollt.

Max wurde beauftragt, die Fingerabdrücke des Toten zu nehmen, die anderen sollten sich um die Firmenautos kümmern.

Kerbl und Höfer kehrten zu Moratz zurück. Der saß noch immer sinnierend an seinem Schreibtisch.

»Nun, Herr Moratz, jetzt zu Ihnen«, begann Kerbl, schließlich war er der Chef. »Weshalb musste die Gräfin sterben?«

Dieser war noch immer leichenblass im Gesicht, seine Hände zitterten.

»Das war doch nicht geplant«, verteidigte er sich. »Wir hatten Differenzen, das stimmt, wie meist bei ihr ging es um Geld. Wir hätten uns sicherlich geeinigt, aber Günther geriet mit einem Male in Rage und dann dürfte er mit einem Messer zugestochen haben. Gesehen habe ich es nicht. Ich blickte gerade zur Straße, da ich mir einbildete, dass jemand vorbeiging. Ich glaube, nachher tat es ihm leid, aber da war es schon geschehen.«

»Ha!«, schrie Höfer, »Es ist leicht, die Schuld auf jemanden abzuwälzen, der sich nicht mehr verteidigen kann. Uns hat er erzählt, dass er gegangen ist, als die Gräfin noch lebte.«

»Ich sage die Wahrheit«, jammerte Moratz. »Durchsuchen Sie das Grundstück, ich denke, er hat das Messer später irgendwo vergraben.«

»Sie irren sich, Herr Moratz, es war kein Messer. Viel perfider, es handelte sich um eine zugespitzte Stricknadel«, erklärte Höfer in süßlichem Ton. »Und das bedeutet, dass der Mord geplant war, denn niemand trägt einfach eine Stricknadel mit sich herum.«

»Sie geben also zu, dass Sie bei dem Mord dabei waren, richtig?«, setzte Kerbl nach. »Auch bei der Tötung der Zofe?«

»Nein!« Moratz schüttelte heftig seinen Kopf. »Darüber hat er mich erst später informiert.«

»Hat er Ihnen erzählt, weshalb auch die Zofe dran glauben musste?«, meldete sich wieder Höfer.

»Angeblich wollte sie ihn erpressen. Sie deutete an, dass sie in den Unterlagen der Gräfin etwas gefunden hatte, das ihm jahrelanges Zuchthaus einbringen würde. Ich kann mir zwar nicht vorstellen, was das gewesen sein könnte, aber so rechtfertigte er sich.«

»Interessant!«, murmelte Höfer und wandte sich an Kerbl. »Ich habe doch gemeinsam mit ihr die Akten durchgesehen. An so einen Schrieb kann ich mich nicht erinnern. Obwohl, so vermute ich nun, dass sie mir ihre Telefonnummer nur gegeben hat, damit ich abgelenkt bin. Vielleicht hat sie dabei ein Papier verschwinden lassen.«

»Eine andere Frage, Herr Moratz, weshalb haben Sie die Leichen im Wald abgelegt?«

»Günther hat mich darum gebeten und als Freund konnte ich schwer Nein sagen.«

»Die wahren Hintergründe der beiden Morde werden wir ohnehin nicht erfahren«, seufzte Kerbl.

»Ich bin mir noch nicht sicher, weshalb wir Herrn Moratz glauben sollen«, brummte Höfer.

»Denken Sie doch an das Messer, das er erwähnt hat. Es wurde zwar eines benutzt, aber nicht als Mordwaffe. Außerdem ist der Selbstmord von Pafill doch das reinste Schuldeingeständnis.«

»Naja, so kann man das auch sehen«, meinte Höfer. »Trotzdem kommt ein Gerichtsverfahren auf Sie zu, Herr Moratz. Beihilfe zu Mord, Leichenschändung, Störung der Totenruhe und so weiter. Hoffen Sie auf einen verständnisvollen Richter.«

»Ich weiß! Aber das Leben ist nun einmal von Hochs und Tiefs geprägt, glauben Sie mir«, seufzte Moratz.

Kerbl zog seine Stirne in Falten, verdrehte die Augen und blickte auf seine Uhr.

»Sind die Spusi-Leute noch nicht fertig? Herr Moratz, mit welchem Auto haben Sie eigentlich die Leichen in den Wald gebracht? Meine Leute scheinen den Wagen nicht zu finden.«

»Ich habe einen Pick-up, der steht auf der Straße.«

»Na, dann kann die Spusi lange hier am Gelände suchen. Geben Sie mir den Autoschlüssel? Ein Geständnis allein genügt nicht. Wir müssen dokumentieren, dass es das Tatfahrzeug ist.«

Moratz griff in seine Sakkotasche und hielt ihm den Schlüssel hin.

»Es ist blau. Ich meine das Auto, damit Sie nicht lange suchen müssen.«

»Bin gleich wieder da«, sagte Kerbl. »Einige Fragen habe ich noch.«

Höfer lehnte sich in seinem Sessel bequem zurück.

»Dann können wir noch ein wenig plaudern, bis der Abteilungsinspektor zurückkommt. Wie sind Sie auf die Idee gekommen, die Toten ausgerechnet bei dem Bild im Wald abzuladen?«

»Es war Günther. Er wollte den Mord an der Gräfin als Racheakt darstellen.«

»Das verstehe ich nicht ganz«, zeigte sich Höfer verwirrt.

»Er lebte ja eigentlich in Deutschland. Dort dürfte er, fragen Sie mich aber nicht, wie, mit der Verwandtschaft unserer Gräfin in Kontakt gekommen sein. Sie wissen ja, dass es den Titel ›Graf‹ in Österreich nicht gibt. Die Gräfin muss also aus einer deutschen Adelsfamilie stammen. Günther lernte einen jungen Burschen aus diesem Geschlecht kennen und als er dem erzählte, dass er aus Mödling käme, war dieser ganz begeistert und erzählte von der Verwandtschaft, die dort residiere. Puh, ich brauche jetzt unbedingt etwas zu trinken, bei solchen Geschichten wird mein Mund immer ganz trocken. Wollen Sie auch etwas?«

Höfer lehnte ab. Ihm wäre lieber gewesen, Moratz hätte die Geschichte zu Ende erzählt. Der Stoffhändler füllte sein Glas mit einer braunen Flüssigkeit. Höfer schätzte, dass es sich um Cognac handelte. Moratz nahm einen kräftigen Schluck.

»Was hat das mit unserem Fall zu tun?«, fragte er und Moratz genehmigte sich einen weiteren Mundvoll des Getränks.

»Stellen Sie sich vor, der junge Mann schilderte Günther einen sagenhaften Bericht über das Muttergottesbild und wie es dazu kam, dass es seit hundert Jahren an dieser Kiefer hängt. Es ging um Wildschweinjagd, um ein Gelöbnis des Vorfahren – ich kann mich nicht mehr genau erinnern. Angeblich sei damals ein Jagdgehilfe ums Leben gekommen. Diesen Umstand wollte Günther nützen, um Sie, also die Polizei in die Irre zu führen. Rache und Tod nach mehr als hundert Jahren – ich habe ihm gleich gesagt, dass es eine Schnapsidee sei. Doch Günther ließ nicht davon ab. Um das Ganze noch mystischer zu machen, wollte er die Gräfin gekreuzigt an diesem Ort zurücklassen, aber das ließ sich nicht durchführen, die Bäume standen zu weit auseinander.«

In diesem Augenblick kam Kerbl zurück.

»Was ist weit auseinander?«, erkundigte er sich.

»Die Bäume für die Kreuzigung der Gräfin«, erklärte Höfer und gab ihm eine kurze Zusammenfassung der Geschichte.

»Pafill hatte eine sehr ausschweifende Fantasie, scheint mir«, meinte Kerbl und schüttelte den Kopf. »Naja, das hat man auch bei seinen Aliens gemerkt, obwohl ich vermute, dass er daran wirklich geglaubt hat.«

»Naja!«, brummte Höfer. »Aber weshalb diese geschmacklose Verstümmelung der Toten? Ich weiß schon«, Höfer hob die Hand, um Moratz zu unterbrechen, ehe er noch zu reden begann. »Es war Pafills Idee. Ich frage mich nur, warum?«

»Günther hat sich das ausgedacht«, begann Moratz. »Er fand, dass es noch mystischer aussah, hatte aber auch profane Gründe. Die Gräfin redete ihm zu viel dazwischen – also Zunge ab. Sie hörte nicht auf ihn – Ohren weg. Auch das Schielen verkraftete er nicht, wusste nie, wo sie gerade hinsah – daher Augen entfernen. Als Günther mich anrief, dass auch die Zofe tot sei, mussten wir das dann ebenso praktizieren. Wenn ich mich recht erinnere, hat er der Gräfin vor einiger Zeit sogar einen Drohbrief geschrieben. Dass war aber noch vor dem letzten

Streit. Er fand, die Polizei würde dadurch vollkommen ratlos dastehen.«

»Was nicht ganz geklappt hat«, äußerte sich Kerbl. »Sie wissen aber schon, dass die Zofe eigentlich die Tochter der Gräfin war?«

»Ehrlich?« Moratz wunderte sich. »Sie hatte überhaupt keine Ähnlichkeit mit der Alten.«

Max kam mit Schwung ins Büro.

»Eine Menge Blutspuren auf der Ladefläche des Pick-ups«, sagte er. »Da haben wir allerhand zum Testen.«

»Danke, Max!«, freute sich Kerbl. »Ihr könnt zurückfahren. Beginnt bitte gleich mit der Auswertung. Ich möchte den Fall so schnell als möglich beendet wissen.«

Max verzog ein wenig sein Gesicht, antwortete aber brav: »Machen wir, Chef!«, und verschwand.

»Sie, Herr Moratz, kommen morgen auf die Inspektion, um das Protokoll zu unterschreiben«, befahl Kerbl. »Suchen Sie sich einen guten Verteidiger«, riet er noch.

Als die beiden zum Auto gingen, hatte Kerbl noch ein Anliegen.

»Ich würde Sie bitten, mich bei der Erstellung des Protokolls zu unterstützen, Herr Major. Ich weiß nicht, ob mein Hirn die ganze Geschichte behalten hat. War ja doch ziemlich viel.«

»Muss das sein?« Höfer verzog seinen Mund. »Ich hasse diese Schreiberei.«

»Es wäre sehr wertvoll für mich«, entgegnete Kerbl. »Dass Moratz nicht ungestraft wegen eines Fehlers davon kommt.«

»Also gut!«, seufzte Höfer. »Dann bitte aber schnell, habe heute noch etwas vor.«

»Was denn?«

Diese Frage ließ Höfer unbeantwortet.

*

Es dauerte doch länger als gedacht. Immer wieder musste Kerbl etwas einfügen oder löschen. Fast hatten sie es geschafft, als mit einem Mal Chefinspektor Plesser in Kerbls Büro stand.

»Schreibt ihr jetzt Kriminalromane statt zu ermitteln?«

»Nein, Chef! Das Protokoll. Der Fall ist geklärt. Endlich! Hat ja lange genug gedauert. Leider hat der Haupttäter Suizid begangen und seinem Kompagnon können wir nur wenig nachweisen, er schiebt alle Schuld auf seinen toten Freund.«

»Naja, Hauptsache der Fall ist geklärt. Glückwunsch, Kerbl.«

»Bei mir könntest du dich auch bedanken, hatte einen großen Anteil an den Ermittlungen«, ärgerte sich Höfer.

»Du? Du bist unsichtbar, für die Polizei nicht vorhanden. Als Privater drücke ich dir ein Kompliment in die Hand, Pauli.«

»Dafür kann ich mir auch nichts kaufen«, murmelte Höfer.

*

Nach zwei Tagen hielt es Höfer nicht mehr aus. Er konnte nicht den ganzen Tag Zeitschriften lesen oder, Gott bewahre, bei Uschi im Kaffeehaus sitzen. Auch einsame Spaziergänge durch die Gassen waren auf Dauer eine öde Angelegenheit.

Ohne dass es ihm bewusst war, stand er plötzlich vor der Polizeiinspektion. Er wertete es als Zeichen und ging hinein. Wie es der Zufall will, stand Kerbl gerade beim Kaffeeautomaten.

»Drücken Sie mir auch einen herunter?«, rief er.

»Was führt Sie denn zu uns?«, fragte Kerbl verdattert.

»Wollte nur nachsehen, ob alles in Ordnung ist«, meinte Höfer, bedankte sich für den siedend heißen Becher und folgte Kerbl in dessen Büro.

»Sitzt Moratz schon, ist er bereits verurteilt?«, fragte er, fetzte locker mit der Hand einige Akten vom Sessel und nahm Platz.

»Sie sollten doch wissen, dass dies nicht so schnell geht. Die Justiz arbeitet zwar, aber eben langsam. Man kann ihm zwar etliches vorwerfen, Beihilfe zu Mord, Vertuschen von Straftaten, Leichenschändung und so weiter, aber die ganze Schuld schiebt er doch Pafill zu und es gibt keinen Beweis, dass es anders gelaufen ist. Er sitzt nach wie vor in seinem Büro. Wenigstens glaube ich nicht, dass er weitere Masken schneidern lässt. Das zumindest ist eine gute Nachricht. Und wie geht es Ihnen, Herr Major?«

»In den letzten Tagen habe ich viel nachgedacht. Wie es weitergehen soll, hab ich mich gefragt. Dann habe ich einen Entschluss gefasst – ich werde doch nicht Privatdetektiv.«

»Ah! Werden Sie jetzt Ober im Kaffeehaus Ihrer Freundin?«

»Zum Teufel nein! Das fehlte mir gerade noch. Was halten Sie davon, wenn ich freier Mitarbeiter werde – bei euch.«

»Vergessen Sie es. Das verstößt gegen alle Vorschriften und Gesetze«, erklärte Kerbl.

Höfer schien ein wenig enttäuscht zu sein.

»Irgendwie dachte ich mir das auch. Aber – sollte wieder ein Mord geschehen und Sie weder ein noch aus wissen – rufen Sie mich einfach an.«